ノアの方舟《はこぶね》

L'Arche de Noé

RONSO fantasy collection

シュペルヴィエル 作

三野 博司 訳

論創社

目次

挿画　浅生ハルミン

ノアの方舟

大洪水がやってくる前のこと、ひとりの少女が書き上げた宿題のインクを乾かそうと吸い取り紙を手にしたとたん、びっしょり濡《ぬ》れているのに気づいた。この紙が水を吐き出すなんて！　いつもきまって喉《のど》をかわかせているのに。その子は（だれよりも良くできる生徒だったけれど）、吸い取り紙がなにか不思議な病気にでもかかっているんじゃないかしらと思った。貧しくて新しい吸い取り紙を買うことができなかったので、女の子はそのばら色の紙を陽《ひ》にあてて乾かしはじめた。でも、紙は気むずかしげに濡れたままで、なかなか乾かなかった。それに、ほら、宿題のインクのほうでも乾くのをいやがっている！

　そこで、まるで意味もないと思われる不思議な出来事につかまってしまったのを恥ずかしく思った女の子は、気持ちがふさいだまま女教師の教壇の前へと進み出た。片手には吸い取り紙を、もう一方の手にはなかなか乾かないページを開いたままのノートをもって。女の子にはどんな言い訳もできなかった。先

生もその生徒をどう慰めていいのやら思案にくれたまま、目の前で、その子がすっかり涙に姿を変えて、消えてしまうのをただ見ているしかなかった。

ユダヤ王国の小さな町とその近辺では、他にも不幸な出来事がおこって、人々を悲しませた。人間たちがあつかう火は、そのときまでは水のもっとも屈強な敵であったのに、目に見えてたじろぎ始めた。自信も気概もなくした火は、もう何を近づけても、それを乾かそうとはしないのだった。頭や腹に水がたまって死ぬ人が、あちこちに見られはじめた。指にごく小さな水ぶくれができると、それが前触れとなって、邪悪な水がそれまで血液が占めていた場所をすこしずつ奪い取って、ついには身体をすっかり浸してしまうのだった。

この水の狂乱は、たちまち植物の世界にも波及した。草や葉、枝や幹が、一日のうちに何度となく、自分の体重ほどの水を吐き出した。何もかも、砂漠の砂粒までもが、その作業に加わった。もはや容器が中身を引き留めておくことができなかった。それほど神の怒りは大きかったのである。

町のお偉方たちは——彼らが汗をかくのをとめることはできなかった——こうした一連の現象がはるか昔から予言されている大洪水となにか関係がある

ものなのか、それを疑い始めた。しかし、知恵ある庶民のほうでは、「雨が降らないうちはまだ希望がある」と飽かずくり返していた。とうとう、空模様を気にかけてばかりいて禿げあがってしまった市長の頭のうえに、ひとしずくの雨が落ちてきた。もうすべてが終わりなのだと認めるしかなかった。その日は大雨ではなかったというのに、雨の力はここかしこを水びたしにして、道路に降った数滴のしずくだけで、農夫も荷馬車も馬も溺《おぼ》れさせてしまうのに充分だった。

大洪水の到来を待たずに、ノアは方舟《はこぶね》を建造していた。彼は細心の配慮と術策をもって舟を作り上げたので、まるでこの舟に対してはなすすべもないかのように、雨もその周りには降ってこなかった。

ノアの舟に乗りこむよう指名された動物たちは、二匹ずつ、たいていはずいぶん遠くからやってきた。ずぶ濡れになるのをまぬがれた幸福なカップルたちは、方舟の梯子段《はしごだん》をのぼりながら言うのだった。「いざ、未知の世界へ!」

舟の上では、動物たちの濡れた毛の匂いが鼻をついた。彼らは甲板に積み重

7　ノアの方舟

なって、競ってできるだけ小さくなろうとした。ふだんならニューファウンドランド犬一匹がかろうじて入れるだけの片隅に、どんな奇蹟のせいで象が入れたのかと、みんなはいぶかしがったものだ。どちらを向いても、目に入る光景からは、つねに何かしらの教訓が得られた。ワニはその愛情深い口を揺り籠《かご》のようにして、その中でぐっすり眠り込んだ仔豚の頭をあやしていた。褐色の剛毛と白い羊毛が無頓着《むとんちゃく》に仲良くならんでいるさまは、お互い何も話すことがなくなっても一緒にいるのをうれしく思う幼なじみの友達といった風情だった。ライオンが小羊をなめている姿があっても、そこにどんな食欲を感じている気配もなかった。小羊のほうでは、ほかにやることもないので、自分の口にくわえた草の小さな束をさも大事そうにあつかっていた。動物たちが喜んでいるようすは、ふだんは毛や羽や鱗《うろこ》にさえぎられてはっきりとわからないものだが、いまはすべての獣たちが、なんの気兼ねもなく、頭から尻尾の先まで喜びに光り輝いていた。

桟橋では、とり残された動物たちがノアのなさけに訴えようとしていた。

「おれたちを乗せてくれ！　だれの場所も横取りしないと誓うから」

だが、ノアは答えた。

9　ノアの方舟

「もし方舟が沈んだらどうするんだ！」

すると、死を宣告された数千の者たちが叫んだ。

「沈みはしないよ！　誓うよ、この首をかけてもいい！」

「お達者で！」それがノアの返事だった。

乗船を許してもらおうとして、もっと手の込んだ方法を使う者たちもあった。その証拠として、軽業師の一家の例をあげよう。彼らの着ている運動シャツは、そのバラ色が風雨にさらされて褪色《たいしょく》していた。この地方のすみずみにまで名が知れていた彼らは――しかし、洪水に襲われた国でそんな名声がなんになるだろう！――、方舟に乗って逃げだそうとしている運の良い人々の心を動かすためには、もう自分たちの危険な曲芸に頼るしかなかった。船の手摺《てす》りに並んだ乗客の多彩な顔ぶれを前にして、彼らは人間ピラミッドを組み上げたかと思うと、一度崩してはまた立て直すのだった。頂上には三歳の女の子が乗っていたが、その技のみごとさは、すでにピラミッド全体を支えている彼女の祖父にも匹敵するほどだった。

そして、「それっ！」とか「急いで」「ゆっくり」とかいった掛け声によって、腰を折らんばかりの宙返りや、信じがたいようなみごとなとんぼ返りをやってのけた。それに、彼らがお互いに投げ合うあのハンカチときたらどうだろう。彼らはそれで手を拭く仕草をしたが、その手はびしょ濡れにもかかわらずしっかりと技をこなしていた。

背丈もさまざまなこの競技者のだれもが、唇に礼儀正しいほほ笑みを絶やさなかった。それは、まったくおもねるところのない、まさに芸人としてのほほ笑みだった。

「乗せてやれ！　乗せてやれ！　旅のあいだおれたちを楽しませてくれるよ」と、人々は叫んだ。「見ろよ、あの女の子、なんて可愛いんだ！」

けっして撓《たわ》まないからと選んだ方舟の梁桁《はりげた》さえもが、自分の足下であぶなく憐憫《れんびん》の情にほだされ始めているのをノアは感じた。けれども、舟には、もう心残りとその制御できない重みのための場所しかなかった。そこで心の中では涙を流しながらも目は潤《うる》ませずに、ノアは舫綱《ほうづな》を解くように命じ、ますます速度をあげてお互いの頭上を飛び越える筋骨たくましい疲れ知らずの一家を見捨てたのだった。天の水がすぐにも彼らに恵みをあたえ、生者の名簿からその名前を消すのに手間取ることはなかった。それでも、船の手摺りにもたれていた人々はだれもが、彼らが水の底で曲芸をくり返しているのが見えると長いあいだ信じていた。

ある種の動物たちは方舟に乗せるように定められていなかったから、ノアは彼らには出発の時間を偽って告げることもためらわなかった。すでに渡し板が引き上げられたあとから姿を現わしたのは、古生物のメガテリウムだった。

「あんたがほんとうにノアだったら、忘れるなんてことはないはずだ！」と、自分の力を良く知っているこの生物は言った。

「忘れたわけじゃない」と、方舟の船長は悲しそうに答えた。「おまえは大洪水以前の生物であるように運命づけられているんだ。そして、洪水はもう始まっている。だれもそれにさからうことはできないんだよ」

「このわしが、いちばん重要なこのわしが、方舟の動物たちの仲間に入れてもらえないんだと！　なんてけしからんことだ。ノア、あんたのせいで、いつの日か、わしが生きていたことさえ忘れられてしまうだろう」

「それなら安心するがいい。おまえのことは知ってもらえるよ、その椎骨《ついこつ》の化石でね」

方舟は扉を閉めて、メガテリウムが突進してくるより一瞬早く、岸を離れた。古生物のほうは、その不器用な動きのせいというより、むしろ怒りのせいで、海の底までとまらず猛進していった。

そこで大洪水以前の生きものたちが集まってきて、恨みをはらさんものと、ノアの舟を転覆させようとしたが、その甲斐《かい》もなかった。彼らは鯨に加勢してくれるように頼んだが、鯨のほうは正統派なので、生き延びることを確信していたから、子供を連れて大急ぎで逃げだした。そして、子供にはこう言うのだった。「振り返っちゃいけないよ。あれはアナーキストたちだからね」

なおも大勢の泳ぎの得意な生きものたちが、航行する方舟を取り囲んで、さかんに呼びかけた。死を宣告された者たち同士の友愛のなかで、動物も人間も区別なく海緑色に染まって、浮力を失った小島のように、目のまわるような渦巻きの餌食《えじき》になっていった。六十歳ぐらいのひとりの女性が――生まれて以来はじめて――泳いでいたが、そのそばには七歳鹿が泳いでいるのだった。三人のユダヤ人が、通りがかった河馬《かば》の背に乗って叫んでいた。小舟はなぜとも知らず転覆した。大洪水がその雨水の大きな手で下から小舟をつかまえて、またたく間に舟の乗員を放り出したのだった。

一匹の蜂鳥がすすり泣いていた。

わたしは島に住む小鳥
なのに島が消えていく。
ああ、どうなるんだろう？

筏《いかだ》の上で、いまだに正義があると信じているひとりの男が言った。

「場所を、場所をあけてくだされ、わしは十二人の子供の父親じゃ」

「まあまあ、分別をわきまえたまえ」と、手摺り越しに身を乗り出してノアは叫んだ。

「分別をわきまえろだと、それはどういう意味だね」と、多くの声が言い返した。

それには答えがなかったので、水に浮かんでいる動物たちは、舟の手摺りのライオンに呼びかけた。呼びかけられたほうは、手摺り越しに頭をのぞかせた。

「言ってくれ。わけを説明してくれ」と、あらゆる方向からライオンにむかって声がとんだ。「どうして、あんたたちが助かって、おれたちが助からないんだ？」

溺れるもの溺れないものも含めて、あらゆる動物の王であるライオンは、悲しげに、しかし毅然として言った。

「なすべきときには、なさねばならんのだ」

「なにをなすべきなんだね？　もしあんたに少しでも勇気があるんなら、水に入って来て、それをおれたちに説明してほしいものだ」

「舟に乗っている蛇より、わたしのほうが値打ちがないっていうの？」と、怒りのため壮年期の虎みたいにみえる鳩が言った。

「なすべきときには、なさねばならんのだ」と、他にことばが見つからないのを恥じながらライオンはくり返した。

こうした問答のみすぼらしさに、ついには質問者たちが問いかける気力を失ってしまった。これは運命なのだ。あらゆる方向から無情に押し寄せてくるこの暗い水、それを飲むことに同意しなければならないのだった。


長いあいだ、海は懇願する者たちであふれかえっていた。方舟のまわりから生きている者たちがみんな消えてしまったら眠りにつくことができるのに、とノアは思ったが、そう思った自分が恥ずかしかった。

生き残った最後の者は、おそらく、沖合で方舟に追いついた巨身のこの泳ぎ手だっただろう。ノアが耳を塞《ふさ》ごうとしたとたん、その男が叫んだ。

「おれのことなら、心配しないでいい。いつもうまく切り抜けてみせるさ。ほら、こうして水に入ってから、何週間にもなるだろう。いままで、すべてうまくやってきたんだ。少し雨が降ったくらいで、おれが良い星のもとに生まれたことを疑ったりはしないさ。それに、ほら、おれはいつも上機嫌だしね。ああ、君に同情するよ、そんな籠に閉じ込められてさ！　君にこう言いたいね、自由万歳！」

　それから、男は水の中で大きく足を蹴って、彼には充分な広さの場所があるんだということを示してみせた。

「でもけっきょく」と、方舟の中の者はつぶやきはじめた。「どうして、あの男が生き延びてはいけないのだろうか。彼には充分その値打ちがある。ノアの家族のだれひとりとして、体力においても、知力においても、彼にかなうものはいないだろう。ハム〔ノアの第二子〕は泳ぐことさえできないし、ヤペテ〔ノアの第三子〕ときたら、船上であいつが気にかけているのは、甲板に動物たちを背丈の順序に並べることだけだ、だれもが、いやほとんどだれもが、もうそれにはうんざりしているというのに」

次の日、男がまだ舟のあとについてきているのを見ても、ノアはそれほど驚かなかった。この強健な泳ぎ手をどうしてよいかわからず、彼は真夜中にだれにも見つからないように、肉切れを投げてやったりした。動物たちもみなが、程度の差こそあれ、同じように食物を投げたので、この男はなまぬるい水の中で太っていった。

この孤独な男を海の真ん中に見捨てる役目など、だれが引き受けられただろうか。もっとも残酷な神でさえ、かつて自分があたえた生命にこれほどまで男が信頼を寄せているのを見れば、その態度を和らげたことだろう。

巨大な鮫は、あきらかに洪水期の暗黙の警察官として働いていたが、この泳ぐ男に近づいてきて、全身を反転させて、その頭の下についている目で男をよく見ようとした。鮫は男をとがめることもなく離れていったが、天使に合図して、そのステッキでやさしく男の頭をたたかせた。この一撃を受けると、男は痛みもおぼえず真っ二つに分かれて、一対のねずみいるかに変身した。こうした生まれのせいで、いつも上機嫌なこの動物は、すっかり海の動物になってしまう決心がつかないで、ときどき舟や人間たちの世界で何が起こっているかと

19　　ノアの方舟

見にやってくるのである。

陸地は空から降ってくる水の下で一つ一つ消えていった。そこで、ノアは舟を寄せようとして、ふだんなら船乗りたちが避けるはずのもの、つまり山を探した。しかし、雨の仕事ぶりはいかにも迅速だったから、大洪水より先に山頂に着くことはできなかった。

それでも方舟は、みごとな流線型の舟のように進んだ。船腹にしがみついていた者たちはもうずっと前に降り落とされていたのだ。いまでは顔のない苦悩だけが舟のまわりに漂っていた。そして、船上の者たちはかくも恵まれた境遇の魚たちのことを話し始めるのだった……。

出発から数時間も経たないうちに、ノアは猿が身体を掻《か》いているのを見て、方舟の中に密航者が乗り込んでいるのがわかった。

「どんなに小さな動物でも」と、彼は言った。「いっしょに旅することは許されない。わしは、寄生者を舟に乗せることを望まないのだ、いいかね」

「だめなのでしょうか」と、犬がたずねた。「ぼくと一体の二匹のかわいそうな小さな蚤《のみ》でも？」

ノアは、方舟の動物たち一匹ずつに、暗い検査室の中を通らせた。そこで、寄生しているものはすべて明るい光を放って、またたく間にあとかたもなく死んでいった。

こうして暗室を通過させると、はじめのあいだ、はかない生命の虫たちがたくさん見つかった。いささか背徳的な好奇心ではあるけれど、みんなは眼前で虫たちが死んでいくのを期待していた、と言わなければならない。ところが、次の日には虫たちを祝福しなければならなかった。彼らはまだ生きていたのである。

ノアは、船橋の上からこの奇蹟《きせき》を説明した。方舟はきわめてみごとに作られているので、そこに乗り込んだ者たちすべてに健康をあたえてくれるのだと。

「そんなに自慢することではないわ」と、彼の妻がこっそりと言った。「方舟を、もっと大きくすることもできたのに！　甲板で身体の向きを変えるには、二十ものさまざまな動物に許しを乞わないといけないんだから！」

けれども、だれもが身体の具合がいいと思っていたから、その証拠を見せたいと願った。ヤペテは一日中、片足で飛び跳ねても全然疲れを感じることがなかったから、動物たちそれぞれに、四本足の者にまで、自分の真似をするよう

に勧めるのだった。ノアの娘たちは思いっきり自分の皮膚をつねったが、まるで痛みを感じることがなかった。

動物たちは舟の中ではすることもないので、もう食べ物のことしか考えなかった。ひどい空腹にいらいらして、どの動物も気が立って、こんな割当量じゃとても足らないと思っていた。ノアは場所が不足するようになるのを恐れて、ぎりぎりの量しか計算しなかった、このことは認めなければならない。はじめに、雑食動物たちが不満を言い出した。彼らは少しずつでもあらゆる種類の食物がほしいと言い張った。しかし、たとえ少量であっても、ノアがすべてのものを考えることは無理だった。それは食物の問題というよりむしろ形而上《けいじじょう》の問題だった。

甲板の上で、飢えた連中がこんなにもひしめきあっているなんて！　その行き着く果ては、もっとも恐るべき殺戮《さつりく》、すなわち狭い場所での大量殺戮ではないだろうか。大きな獣が他の動物を見るとき、そのまなざしには底意が混じるようになった。この怪しげな優しさが意味していたのは愛以上のもの、つまり隣にいる動物のあれやこれやの身体の部分、股肉とか、ヒレ肉とか、背肉とかへの恐ろしい愛好であった。

すでにライオンは方舟の床に鼻をぶつけて、彼の横にいる小羊の生肉のかぐわしい匂いを感じないようにしていた。雪のなかで活躍するため清潔であるとの評判だったセント・バーナード犬が、通りかかった天使に口籠《くちかご》を求めると、天使はみんなの目の前ですぐにそれを取り付け、模範を示した。けれども、それを見て狼《おおかみ》はこっけいだと思った。

「空腹は」と、狼は言うのだった。「肉でしか満たされない、それも生きた肉が好ましいがね！」

「まあまあ、そう言わないで、生きた肉である必要は少しもないよ」と、まだ良識を保っているライオンが言った。

「空腹は空腹さ」と、狼が応酬した。「空腹こそが革命を起こすのさ」

「空腹を忘れるのに、とってもいい方法があるがね」と、たまにしか物を食べない駱駝《らくだ》が言った。「小さな木片をもぐもぐ噛《か》めばいいのさ」

「効果てきめんなのは」と、蛇が付け加えて言った。「力をふりしぼって、反吐《へど》の匂いのことを考えることだよ」

「なんだって！　反吐だっておれは食っちまうぜ」と、狼は言った。「いまのおれはそんな気分なのさ。とにかく、みんな生命が惜しかったら自分で気をつけることだな」

ライオンが造作もなく全部の動物を集めて、演説をぶった。

「皆さん、みずから進んで模範を示し、冷静にふるまおうではありませんか。敵と戦うとき、トカゲがどうするかを考えてみましょう。尻尾を捨てて、自分の身体の本体のほうを守るのです。すばらしい教訓です！　たとえ切り捨てても生命にかかわらない身体の一部を提供できる者が、この中にも大勢いるではありませんか？　どうしてリスは、自分の身体ほどもある大きな尻尾を、まるで後から追い立てられているかのように引きずっているのでしょうか。牝豚は、あんなにたくさんの乳房が何の役に立つのでしょうか。その半分は余分だと思わないのでしょうか」

「もちろん余分だなんて思いませんわ」と、その場を動かずに牝豚が言った。

「彼女は自分の良心に問いかけてみるべきです」

「良心に、やましいところは少しもありません」

「それは、わたしたちがこれから検討するでしょう」と、ライオンは自制して言った。

そこで、それぞれの動物たちは、心の中で思うのだった。「ぼくは、余分なところは一つもない。自分の身体はどこも手放したくないよ」

「われらが愛しい兄弟たちの中には」と、ライオンが続けて言った。「一ポンドや二ポンドの肉は切り取ってもさしつかえない者たちもいるでしょう」

「じゃあ、あんたはどうだい、どうして頭がそんなに大きいんだい?」と、それまで沈黙を守っていた並はずれて大きな熊が、だしぬけに言った。

「君たち一人ひとりのことを考えるのに、これだけの大きさがぜひ必要なのだ」と、ライオンは応じた。「しかし、君たちにわたしの犠牲的精神を示すために、君たち、身体の大きいものも小さいものも、しかしまず始めに小さいものに、わたしの王者のたてがみを提供することにしよう」

大爆笑が起こって、ライオンはしょげかえってしまった。「君たちにはほとほと困ったものだ」と言って、ライオンは涙を押さえきれなかった。その涙は、隣にいたワニから、どういう経路を通ってかはわからないが、ライオンにまで伝わってきたものだった。

しかし、ライオンの演説は、食料の籠を抱えてやってきた天使たちを歓迎す

る歓呼の声で中断された。そうなのだ、降りやむことのないこの雨さえなければ、すべてはこの上なく順調に運んだことだろう。一日二十四時間、一秒だってやむことがなかった。大地とそこに住む人間たちが、それほどまでに天を悲しませたのだった！　どうすれば、ノアとわずかな乗員たちは、天空全体を慰めることができるだろうか？

時折、暗闇がほのかに明るくなり、空が落ち着きを取り戻そうとしているように思われた。しかし涙は、結果がどうなるかなどおかまいなしに、ふたたび以前より激しく降り始めるのだった。

とうとうある日のこと、涙の向こうからほほ笑むために、天空が絶望的な努力をしているように思われた。光が一筋、まだ灰色がかってはいたが、はっきりと認められ、それから突然、好天気のすべての色がそこに集まった。虹なのだ！

しかし、状況はそれまでと変わりなかった。水嵩《みずかさ》が増しつづけて、まるで空にまで達して、空に返礼をしようと決めているみたいだった。

それでノアは、船長として、天空と自分たちのすき間が狭まっていくのを見て心配した。

方舟の中では、だれもがこう考えていた。「なんとかしなくては！　絶対なんとかしなくては！　だが、何をすればいいのか？」

「自信を持つんだ！」と、船橋の上からノアは叫んだ。

しかし、彼とてはらはらしていた。そこで、自分の苦悩の深さを神に知ってもらうために、舟の中でもっとも黒いものをひそかに神のもとへと急がせた。一羽のカラスだった。

鳥は飛び立ったものの、戻ってはこなかった。

「カラスを使いにやるなんて、またなんということを考えたの！　勝負は始めから負けているわ」と、ノアが鳥を手放すのを見ていた妻は言った。

そこで、二人は同時に鳩のほうへと手をのばした。鳩の白さと未来への信頼は、幾世紀をも越えて現代にまで届くほど大きなものだった。

ノアはその鳥をつかまえて、伝書鳩の任務を託そうとして、耳もとで、「陸だ、陸だ、陸だ！」とささやいた。

鳩はまっすぐに飛び立った。そして次の日には戻って来て、船長の広い肩の上にとまった。よく知られているように、その時、鳩は嘴《くちばし》にオリーヴの枝をくわえていたのである。

水はすでに引きはじめていた。ノアは、それから虹のほうへと舟を進ませて、陸地のようなものがついには現われるだろうと期待した。

とうとうある日のこと、夜明けに、虹がアララテ山を輝かせた。近づくにつれて、ふだんは人を寄せつけない荒々しい山肌全体が陽気に包まれているのが見られた。石のしわがれた声で、山は方舟の動物たちにむかって叫んだ。

「こっちだ、わしを見たまえ。わしは善意の山だよ！　それで、あんたたち、動物は、こんな天候のあいだ、何をしていたのかね。これからは動物なしで暮らしていかなくちゃならんだろうと考えていたんだよ。わしらはすでに、毛皮をまとった四本足の木々をつくろうかと考えていたのさ」

方舟は停泊し、ノアは乗員に、一組ずつ、一番弱い者から順番に、船橋をわたらせた。二匹の蜻蛉《かげろう》が、陸へあがろうとせず、床の上で動かなくなっていた。

「さあさあ、飛んでいくんだ」と、船長が叫んだ。「おまえたちは、到着したのがわからないのかね。だれが、こんなのろまな虫をわしの舟に乗せたんだろう！」

しかし、蜻蛉たちは身動きしないままだった。方舟の親方はもう帽子をぬいでいた。だれもが、自分たちがふたたび死ぬべき存在になったことを理解したのだ。

「蜻蛉の身代わりを出すんだ」と、ノアは、船長らしく涙声を抑えて言った。

あたらしい葡萄酒の香りのように、頭に昇ってくる大地の匂いにまだ茫然として昆虫たちは一瞬ためらったが、それから突然、まっすぐに飛んでいき、アララテ山の上に難なくとまって、見ている者たちの喝采《かっさい》をあびた。

「さあさあ、静かに」と、ノアが叫んだ。「見せ物を見に来たんじゃないんだ。すぐに、次の者たちを降ろすんだ。一分たりとも無駄にはできないんだから」

——旧約聖書創世記、人類の堕落に怒った神の命を受けて義人ノアは方舟を造り、その家族、一対の動物たちを乗せ神の起こした大洪水を生き延び、人類の新たな祖となった——

エジプトへの逃避

出発のまぎわになって、幼子イエスは目を覚ましてしまった。それで聖母マリアは、ロバの背の上で、ヨセフ〔マリアの夫〕の腕から幼子を受け取った。

「眠っているかい?」と、しばらくしてから、大工のヨセフがたずねた。

「ええ、眠っていますわ」

「かわいそうに、こうするより仕方なかったんだ」

彼らは、三日月になりはじめた月の光に、多すぎも少なすぎもしない、ほどよさで照らされながら進んでいった。星たちは、彼らが歩んでいくのを、じっと静かに見つめていた。天文学者が望遠鏡をのぞいてみても、天空のどこにも、異常なものはいささかも見られなかったことだろう。

ヨセフは、幼子の頭が、馬槽《まぶね》の中にいたときのように、旅のあいだも後光で飾られるのではないかと心配していた。だが、幸いなことに、それらしきものは何も光ってはいなかった。神は、移動のあいだ、光を消すことに同意されたのだ。天使たちも、つねになく控えめにふるまっていた。彼らが付き従うことなどまったく問題にならなかったし、ところどころに天使の形をした雲が見られても、あまりにも慎ましやかだったので、そのことで天を非難する理由にはならなかった。

曙光《しょこう》が地平線に軽く触れている。街道には人ひとり見られない。貧弱な干からびたヤシの木が一本あるばかりだ。

「よかった」と、ヨセフが言った。「たとえ善意にあふれていてもおしゃべりな連中には気をつけないといけないからな」

彼らがその木の前を通ると、木は自分のただひとつの膝を折り曲げて、ほこりのなかで平伏した。

射し始めた陽光に目をさましたばかりの幼子は、この仕草を見て笑った。聖母はその光景がとても美しいと思った。

「だが、それが一番危ないんだよ！」と、ヨセフは押し殺した声で言おうとしたが、つい声高に叫んでしまった。「もしどの木もわしらにあいさつしはじめたら、二時間もしないうちにヘロデに見つかってしまうだろう」

「神様がお守りくださるわ」と、聖母が言った。「後光のなくなったのがその証拠ですよ」

「それはわかっている、神様はわしらをお守りくださる。だが、それ以上に、軽率な木々のためにわしらがみんなの注意にさらされないようにしなくては」

地平線には小さな森が見え、そのそばに大きな村があるのが、この家長にはたいへん心配だった。その森の木々は、自分の居所にとどまっていることができるだろうか。それとも突然その場を離れて、彼らの命取りになるかもしれない感嘆の仕草を示すだろうか。

木立のところまで来ると、幼子はいたずらっ気をおこして、ヤシの木をしげしげと見つめはじめた。まるでヤシたちにあの敬虔《けいけん》な仲間のまねをするように誘っているみたいだった。

「その子をおまえのマントの下に隠しなさい」と、ヨセフはぶつぶつ言った。

マリアはどんな動作もしなかった。彼女には確信があったのだ。木は一本も動かなかった。ただ三羽の鳩だけが、あまりの白さのため人目を引きすぎたけれども、この聖家族を見送っていた。

「けっして安心はできない」と、ヨセフは思った。「このあたりで告げ口でもされたら、幼子の命があぶないから」

　そのあいだにも無辜《むこ》の赤子たちが、そのなかにはイエスが含まれているだろうとのねらいから、手当たり次第に殺戮《さつりく》されていた。
　二、三人ずつ組になって、ヘロデ王〔ユダヤの王、イエスの誕生を恐れた〕の密偵が、家々に入ってきた。彼らは残酷な子供たちを従えて、同じような年恰好《かっこう》の子供を誘い出す役目を負わせた。見たところさして意味があるように見えないこの訪問が終わるとき、その場で、まるで蝮《まむし》でも殺すように、彼らはその家の息子を殺害するのだった。そして、なんとも形容のしようがない不気味なまなざしで感謝を強要しながら出ていった。ベツレヘムへ里子に出されていたヘロデの息子もまた、父親の命令を遵守《じゅんしゅ》するために殺された。
　死刑執行人たちはひとたび顔が知れてしまうと、次には乞食や羊飼い、あるいは商人や慈悲深い婦人に変装してやってくる姿が見受けられた。

　家の中では、玩具や小さな衣服や靴など、子供がいることがわかりそうなものすべてが注意ぶかく隠された。こうしたものをわずかでも放り出しておくことは、「いますぐ子供を殺してください」と言っているのも同然だった。戸口に木馬や小さなラッパを放り出しているだらしのない親は、隣人から「恥ずかしくないのかい、この人殺し」と言われてもしかたがなかった。官憲の目をごまかすために、母親たちはしばしば子供に大人の身なりをさせた。さらに、十六歳の臆病な若者が付けひげをしたり、すでに充分に胸の脹らんだ娘たちがさらに詰めものをして胸を大きく見せたりした。そんなことをしなくても、分別ある人なら、彼らを子供と間違えることはありえなかっただろうが。

昼となく夜となく、殺戮は続けられた。子供の身体にその十倍もの大きな傷が加えられると、幼い人間の血は、まだ将来も思い出もない小さな身体を突然捨てやり、未曽有の激しさで流れ出したが、それを見るのはいかにも哀れだった。

こうしたことを全部、聖母とヨセフは知っていた。ユダヤ王国の街道では、もっぱらこの話でもちきりだったからである。そこではどんな幼い子供も戸外に出れば、街道に出没する追いはぎのように人々の注意を惹《ひ》いた。

そこで、ヨセフは脇道を通ってエジプトへと急ぐのだった。

ところで、馬槽《まぶね》の牛の魂は、幼子が出発するとすぐに、家畜小屋の天窓を通って抜け出した。聖家族の逃亡の助けとなったあの大きな戸口を通ることは

さし控えたのである。

外に出るとすぐ、牛の魂は思った。「わしにはもう頭も足もない。以前は牛だったわしの魂なんだ」。それから、すぐに続けて言った。「わしは空の微風みたいなもんだ。もう草を食うことも眠ることもしなくていいんだ」。実のところ、この魂は、その驚くべき身の軽さをどう扱っていいかまだわからなかったのである。

空気の抵抗を知らない魂たちは、肉体よりもはるかに早く移動することができる。牛の魂はほどなく、街道を歩んでいく聖母、ヨセフ、幼子イエス、ロバの一行を見つけだした。彼らは、やむをえず家畜小屋に置き去りにしてきた動物の身の上をいまだに案じていた。

「あの人たちだ」と、うれしくなって牛は思った。「まさしくそうだ、いつもの顔ぶれが、きちんと持ち場についている。ああ、街道をゆく彼らは、なんて高潔なんだろう。まさにあの人たちそのものだ。そこに欠けているものや余計なものは、何ひとつないんだ。それを見るだけで、わしの苦労はなにもかも報われた気がするよ」

牛は一人ひとり順番に近づいて、その数をかぞえ、もちまえのとても静かな声で、親しく呼びかけた。しかしどれほど出しゃばらないように気遣っていても、ある瞬間には、自分がそこにいて見聞きしていることを知ってもらいたいと思うことが、誰にもあるものだ。

ロバのまわりを周りながら、牛はこう考えた。「わしらはとても仲良しだったから、あいつがわしに気づかないなんてことは、絶対にありえないはずだ」。しかし、ロバは身の周りに牛の気配などまったく感じなかった。そこで牛は、この上もなく身の軽い小鳥のように、幼子の肩のうえにとまった。彼はもう空気の重さしかなかったし、自分の存在を訴えるどんなわずかな手段ももたなかった。

「それでもまだ、心苦しく思いますわ」と、聖母がヨセフに言った。「家畜小屋にすっかり弱ったあの牛を置いてきたなんて」。たぶんこんなふうに話しながら、しまいにはわしに気がついてくれるだろう、と牛は思った。しかし、聖母はつづけて、こう言うのだった。「いまごろは、あのかわいそうな牛はきっと死んでしまっているわ。あの慈悲深い動物にも、魂があればいいのだけれど」

「ばかなことを言うものじゃないよ、女というのは哀れなものだ」

そう言ってから間髪入れずヨセフは「ばかなどと言ってすまない」と付け加えた。聖者にあっては、良心の呵責《かしゃく》はそんなにも早く現われるのだ。

「〈哀れな女〉についてもあやまりなさい」と、聖母は言った。

牛の遺物である魂が目の前にいるときに、幼子イエスは、街道に牛をさがすかのように、ときおり振り返った。牛はこう思った。

「わしがここにいることを、この人たちにわからせることができないなんて！　でも、そのほうがいいのかもしれない。死んだものと、生きているものは、それぞれ別物だから。死者は威厳をもって自分の居場所にとどまることができないといけないし、しょっちゅうそこから抜け出そうとしてはいけないんだ。あの人たちがわしのことを忘れるように協力しよう。目立たないようにしているのが、礼儀と慈愛の最良のしるしなんだ。でも、魂だけになってしまったときに、同じところにじっとしていられるとはとても思えないけれど！

しょっちゅう雷雨がやってくるこの国では、風の吹くまま、雷のとどろくまま、いつも右往左往だ。たぶん、わしはいまでは不滅だろうが、あまりにも軽すぎるから、あの旅人たちがちょっと息をするだけでもあっちへ行ったりこっちへ行ったり、ロバのやつなんか、さっきはあやうく鼻息でわしを吸い込むところだったぞ」

牛族の仲間たちと同様に、彼はいつも沈着で重々しくあるべきだと主張してきたから、こんな風にあぶなっかしく右往左往して、どうして苦しまないでいられただろうか。


そのあいだにも聖母は、ベツレヘムからの突然の旅立ちに動転して、幼子に充分な乳をあたえることができなくなった。もちろんイエスは泣いたりはしなかったが、こっそり親指をしゃぶっているのがわかった。農家で乳をもとめるのは、この上なく危険なことだった。すぐにも荷物の中に子供が隠れていないかと、捜索されることだろう。

牛は、まるでいたずらに飛び回る蝿《はえ》のように、旅人の一人ひとりに順々につきまとった。生きていたときには、この子供のためにまともなことは何一つしてやれなくて、とてもつらい思いをしたのに、こうして死んでからもその苦しみがまた始まったのだ。

旅人から目を離さないようにして、彼が野原を飛び回っていると、奇妙な仕草で跳ねまわっている一匹の若い牝牛が遠くから目にとまって、注意を惹いた。自分と同じ種族のものならたぶんもっとよくわかってくれるだろうと思って、彼は近づいた。そして、その見知らぬ牝牛の耳元で思わずこうささやいた。

「ねえ、ちょっとした隠れ場所がほしいんだけれど、手伝ってくれないかね？　あんたの皮の下に、わしが入れる場所を少しあけておくれよ。痛い目にはあわせないからさ」。すると、なんとも驚いたことに、牝牛が次のように答えるのが聞こえた。

「でも、あんたいったいだれなの？」

「わしは牛の浮かばれない魂なんだ」

「どうして他の牛じゃなくって、このあたしに頼むのよ、皮の下に入れてほしいなんて？　いいこと、あたしは自分だけでもう全部ふさがっているのよ。あたしの皮は全部あたしだけの身体を包むものなんだから、親友にだって貸さないわ」

「あんたは、わしが中に入っていると意識することもないだろうよ！　それに、だれか相手が必要になることだってあるかもしれない。自分の皮の下で、とてもさびしい思いをすることだって、ときにはあるからね」

「だめだめ、そんなのはみんな浮かばれない魂がでっちあげる嘘《うそ》だわ。さあ、もうあたしにはかまわないで。だって、あんたがどんな牛かも知らないんですもの」

牝牛は態度をやわらげはじめた。鼻孔のほうからやってみたらいいかもしれないと、牡牛のほうでは考えた。牝牛が息を吸いこんだ瞬間に乗じて、彼はそのまま難なくこの反芻《はんすう》動物の頭の中に入りこんだ。

「あれ！　あんた、いまあたしの中にいるのね、わかっているわよ」と、牝牛は言った。「でも言っておきますがね、もしちょっとでもあたしに変なことをしたら、すぐに追い出すからね」

「そんな簡単には追い出せないだろうよ」と、牛の魂は、牝牛に知られずに考えた（しかし知られずに考えることが今や可能なのだろうか）。「わしは自分のものじゃない肉体に宿る霊にすぎない。まあ、そのうちわかるだろうさ」

牛はたちまち、粗野で少し浮かれたこの牝牛の身体を自由にあやつって、みんなの役に立つように、彼女を啓蒙《けいもう》し、教育できるようになった。彼はまたこの宿主の心臓や脳も支配下におさめて、すぐに彼女を説得して、むかしのご主人さまに追いつくために野原をどうしても急いで走って行かなくてはならないのだと言い聞かせた。

「振り返ってはいけないよ」と、ヨセフは聖母に言った。「だれかがあとをつけてくるから」

ヨセフのほうは、必要に迫られて振り返った。するとすぐに、牝牛が幼子のそばに立ちどまって、角の先で、乳でふくらんだ自分の乳房をさし示した。

「この親切な小さい牝牛の乳をしぼってはいかが?」と、聖母が言った。

「けれども、この牝牛の突飛な親切心のおかげで、かえってわしらのことが知れてしまうよ」

「さあ、ここにお碗《わん》があるし、この子はお腹をすかせているし」とだけ、聖母は答えた。

疑い深いヨセフは、外套《がいとう》のうしろに隠れて、牝牛の乳をしぼり、それがまるで奇妙な薬ででもあるかのように味をためしてみるのだが、ぐずぐずして終わりそうになかった。そこで、聖母はヨセフの手からお碗をとりあげ、二口飲んでみて、この液体にはなんら悪魔的なところはないと断言し、急いでいる様子を見せないよう、別の方向を眺めていた幼子にそれを飲ませた。

しかし、ヨセフのほうは、あきらかに不安な面持ちで、この疑わしい液体が幼子の口をとおって小さな身体の中に流れこんでいくさまを心に描いた。

「どんなことでも、あなたには自然なことに思われるのだね」と、ヨセフはいささか気分を害して、聖母に言った。「百頭もの牝牛が自分の乳房をさしだしたとしても、あなたはそれもまたけっこうなことだと思うだろうね」

「百頭じゃなく、たった一頭だけですもの」

「それはそうだ、マリア、わしにも数をかぞえることはできる。だがね、この動物の奉仕を受け入れていいものかどうかを考えているのだ。たとえそれが善意あふれる動物であることがわかったとしても。幼子イエスの誕生を祝福するためにやってきてくれたあの動物たちみんなのことを、すこし考えてごらん。もし、駝鳥《だちょう》やキリンやライオンや、そのほか全部の動物たちが、わしらの道中についてきたとしたら！　ヘロデ王の憲兵に、みすみす居場所を知らせてしまうようなものだよ！」

幼子は、いままでは奇妙な親しみを感じて、牝牛をながめていた。

「見ちゃいけないよ」と、ヨセフは言った。まるで牛面をした四つ足の悪魔を目の前にしているかのような口ぶりで。

「この子がかわいそうよ。どうして牝牛を見てはいけないのかしら」

そのとき、牝牛が近づいてきたのを見て、イエスはうれしい笑い声をあげ始めた。馬槽《まぶね》の中にいたとき、牡牛の鼻面にさわることができたように、いまも牝牛にさわれると思ったのだ。イエスにとっては、まぎれもなく牡牛と牝牛は同一の動物だった。子供がものごとを混同する力というのはすばらしいものだ。そのおかげで、彼にはこんなにもはっきりと真実が見えるのだから。

「いずれそのうち」と、ようやく晴れ晴れした顔を見せてヨセフが言った。「この子に説明してやれることだろう。あの牡牛のようなほんとうの殉教者と、善意はあるだろうが真の偉大さには達していない動物が、どんなに違うかを」

そのあいだに、聖母もまた、その親切で小さな乳牛を愛撫《あいぶ》しはじめていた。それからは、牝牛が旅の仲間に加わった。牡牛の霊が説教したにもかかわらず、牝牛は乳をしぼっているあいだ、いらいらした様子を見せることがあった。ある日、そうした牝牛のいらだちに腹を立てたヨセフは、悪い手本を見せないようみんなから隠れて、思いきり足で空《くう》を蹴《け》った。それは、なにか気に入らないことがあったとき（しかも罪を犯したくないとき）、聖者たちが見せる仕草だった。

そこで牛の魂はこう考えた。「気高いヨセフよ、あんたの足蹴《あしげ》をわしが見ていたとわかったら、どんなにあんたは苦しむことだろうか」

ロバはこれまで牝牛が好きではなかったが――牝牛というのは落ち着きがなくて、頭が鈍くて、自分の乳房の自慢ばかりしている奴だと思っていた――、自分がいま牝牛と一緒にいて楽しい気持ちになっているのに驚いた。牝牛に友情を抱いたというよりは、むしろ、無理に割り込んできたこの仲間を受け入れることがうれしかった。牡牛とわかれてから、ロバはほかの動物とつきあう必要をまったく感じてはいなかった。静かにパイプをくゆらせて人生の残りの日々を送ろうと決めて、身体からというよりは魂から出てくるような、かすかな煙をパイプから吐き出す――そんな男にロバは似ていた。

幼子にとって、旅はつつがなく続けられた。ヨセフはとうとう、この牝牛が現われて随行するようになったのを卓越した奇蹟だと思うようになり、さらに彼は、あの牡牛よりも牝牛のほうがずっと三人の役に立っていることを認めさえした。もちろん、だからといって、家畜小屋に見捨ててきた牡牛のたぐいまれな美点が、彼の目に褪《あ》せて見えるようになったわけではないけれど。

牡牛が自分の皮をまとっていたときには、牝牛の皮の下にいる今のようなくつろぎを覚えたことは一度もなかった。みんなの役に立っているという思いのため、かつての病的なまでの遠慮からも解放されていた。以前自分が払った犠牲はいささかも後悔しなかったものの、それでもその犠牲をもっと有効なものにできたのにと、今になって思われた。苦しんで死ぬかわりに、まだ体力の残っているうちにこっそりとエルサレムへ行って、朝の散歩の途中のヘロデを角で突けばよかったのにと、そんなことまで考えるようになった。しかし、その考えはどの程度まで牡牛だけのものだったのだろうか？　皮を借りていることの相棒にそそのかされたことではなかったか？

しかし、ローマ人たちが街道の家畜をとり調べていて、ヨセフはその牝牛をどこで手に入れたのかとたずねられた。嘘をつきたくなかったので、彼は顔を赤らめて答えた。

「わたしたちのあとをついてきて、自分から乳を提供してくれたのです」

彼らは、もっと納得できる答えを言わないと、みんなを牢屋《ろうや》にぶちこむぞとおどした。さいわいなことに、聖母のどこまでも無垢《むく》なまなざしのおかげで、彼らを取り巻いていた兵士たちは態度をやわらげた。

「こいつらはどうも頭が弱いらしいな」と、ローマ人の将校が言った。「牝牛だけ連れていき、この連中は放っておこう」

牝牛はひっぱたかれ、首に紐をくくりつけられ、あちこち足蹴を受けて、むりやり北のほうへと向けさせられた。牡牛の魂は、幼子のそばに残ろうとして、友の身体から抜け出そうとしたが果たせなかった。彼はもはや、まさに牝牛と一体になっていて、鳥もちにとらえられた蝿《はえ》のように、牝牛の身体の中に閉じ込められたのを感じた。彼にできることといえば、ひどい扱いを受ける牝牛の苦しみを分かち合うように最善をつくしながら、牝牛に幼子のほうを何度か振り向かせることだけだった。

ヨセフと聖母は、なおも一、二日は不安ながらに歩いたが、それが過ぎると、後光がごく自然にもどってきて彼らの頭を――そして幼子の頭を――飾り、もはや恐れるものは何もないと彼らに教えた。さらに、街道では、無辜《むこ》の幼子殺害の話ももう聞かれなくなり、道中出会う旅人の姿にも、しだいにエジプト人らしさが目につくようになった。

砂漠のアントワーヌ

隠者アントワーヌは、エジプトで死者を埋葬しなければならなくなったある日のこと、扉をしきりと爪でひっかく物音を耳にした。それは二匹のライオンだった。

「どうぞ入りなさい、諸君」と、彼は必要なだけの礼儀正しさを保って言った。

しかしライオンは、扉の両側から離れようとはしなかった。孤独な隠者は、ライオンたちがその前肢《まえあし》で溝を掘るのを、ただ見ているしかなかった。溝はたちまちできあがった。それからライオンたちは、こんどは後ろ肢で、いっそう速いリズムで死体に土をかけたので、アントワーヌには、永遠の夜に旅立とうとしているこの死者のそばに身を横たえて、少しでも行く手を明るくしてやる暇《いとま》もなかった。

ナイル河のワニもまた、隠者につくそうとする熱心さにかけては、いささかも劣っていなかった。アントワーヌが河に近づくとたちまち、彼を背中に乗せて河を渡る名誉を得ようと、ワニたちが争うのだった。

だがそうしたことにもかかわらず、悪魔はこの隠者の美しい魂を手放すことはなかった。「動物たちはおまえの味方だ。しかし、それがどうしたというのだ？」と、悪魔は言った。「そんなことで、りっぱな隠者になれるとでもいうのか？　この鏡の中の自分の顔を見てみるがいい。おまえが若い日々の放蕩と手を切ったかどうかがわかるだろう」。悪魔は、隠者が鏡のなかに豚の姿を見るようにとたくらんだのである。アントワーヌが、悪魔に対抗して本物の豚を一頭買ってくると、この豚は、彼がどこへ行こうと、あとについてくるようになった。

それでも、隠者がすっかり安心したわけではないことがうかがわれた。だれかが「ごきげんいかがですか」と、目の奥を見つめながら意地悪くたずねると、素朴な隠者はこう白状した。

「ああ！　悪魔の誘惑がなければいいんですがね」

そして、隠者は立ち去るのだったが、その姿は、いつ見てもあまりにも痩《や》せて干涸《ひから》びていて、どうして砂漠の太陽によって燃え上がらないのかと不思議に思うほどだった。

アントワーヌはこの豚を愛した。まるでこの動物が、これまで一度も自分の本領を発揮する機会がなく、そのため忌憚《きたん》のない友情によって励ましてやらなければならない人でもあるかのように。

「あれほどつつましい人が、あんな動物と一緒にいるとは驚くべきことだ！」とか、あるいは、「豚の行きつく先は精肉店ときまっているから、早く丸々と太らせなくては」とか、そんな陰口を耳にすると、隠者は腹を立てるのだった。

隠者は、毎朝、一時間以上もかけて自分の豚を磨きあげ、非のうちどころのないほど清潔にしてやった。

ぴかぴかに磨き上げられても恩知らずな豚は、いつもアントワーヌの磨き方がまだ足りないと言いたげであったし、しばしば主人の脚に身体をこすりつけて、もっと世話をしてくれるようせがむのだった。一度ならず、歩いているときに、豚がおおげさに疲れた様子をしてみせたり、足を引きずるふりをして、アントワーヌに背負ってもらおうとした。しかし、隠者のほうでは、そうした大きな骨折りをすることが、真の僥倖《ぎょうこう》であり、手軽に悔悛《かいしゅん》をはたす手段だと考えていたのだ。あるいはまた、この豚は、ついうっかりやってしまったという風に、自分の鉢の中身に手をつける前に、アントワーヌの食事を先に平らげてしまったりした。さらには豚は、寝床に入るのは、かわいそうな四つ足動物にこそふさわしく、アントワーヌは床に横たわるべきだということを、それとなく自分の主人にほのめかすようにさえなった。

しかし悪魔は、自分が負けたとは思わなかった。女衒《ぜげん》としての評判に自信をもっている彼は、自分の配下の女たちの中でもっとも忠実なものたちを、隠者の夢の中に導き入れるのに苦労はしなかった。いまわしい妄想に執拗《しつよう》にとりつかれたある夜のこと、不幸な隠者は寝床から跳び起きると、妄念を鎮めることを期待して、ためらう一瞬もなく砂漠の砂を匙《さじ》に三杯呑《の》み込んだ。

「ああ！　サハラの砂すべてを呑んでも足りないだろう」と言って、彼はふたたび寝床に横になった。それから長いあいだ、自分の胸を激しくたたいた。胸は廉潔《れんけつ》の士の音をたてた。

「さあ、これも身から出た錆《さび》だ」と、彼は言った。「四つ足で歩くんだ、卑しい獣め。いやむしろ、おまえの豚のところに行って、お手本を示してもらい、豚の前に頭を下げるんだ」

豚は、いつも夜を過ごすならわしの部屋の奥にはいなかった。足跡をたどって行くと、アントワーヌは、離れたところから洩《も》れてくる満足げな鼻息を耳にした。ひとつの扉を押し開くと、彼は角燈《かくとう》の明かりをたよりに、自分の豚が牝《めす》豚のそばで横になっているのを見た。

隠者の落胆は、ながくは続かなかった。

「あいつの場合は、誓いなど立てなかったからな！　どうしてこの豚を責めることができようか。自分の本性にしたがっているだけなのだから」

アントワーヌはそれでも少しは豚を恨む気持ちになった。だが、それはほんとうにこの四つ足動物の過ちだろうか。アントワーヌは、豚をあまりにも大事にし、美しく磨きあげ、たらふく食べさせた。牝豚どもの注意を惹《ひ》き、欲望をかき立てたとて、なんら驚くことではない。そこで、次の日、身体を磨いてもらおうと豚がやってきたとき、隠者は言ったのだ。「自分で勝手にしろ」と。

それから、彼は身を清めてくれる砂漠の中へ、豚といっしょに長い旅に出ることを決心した。豚のほうは、隠者が旅の準備をしているらしいことに気づくと、出発のまぎわになって、牝豚を伴ってやってきた。

「〈こいつ〉を、いったいわしにどうしろというんだね」と、アントワーヌは言った。

彼は豚に、これまでそんな口調で話したことは一度もなかった。それが打擲《ちょうちゃく》の前触れで、彼は牝豚の背中を棒で殴った。それから彼らはその場に牝豚を残して、出発した。

木々の生えていない砂漠の奥へと、彼らは入っていった。そこでは、幾人かの隠者たちだけが、ところどころで、痩《や》せ細ってはいるが友愛にあふれる影のような姿を見せていた。

「砂また砂のこの風景は静寂そのものだ」と、隠者は思った。「牝どももいないし、肉も野菜も、何もかもない、みごとなものだ。ここでは、もはやわたしが天を愛し、天を深く知ることを妨げるものは何もない。それにしても、あのときは、牝豚を少し強く打ちすぎたようだ。ここだけの話だが、牝豚が悪魔だなんて言ったのは、ほんとうに安易すぎたと思うよ」

豚はといえば、この食べることのできない果てしない広がりなど、予測もしていなかった。

「たとえおれの頑丈な胃が」と、豚は思った。「どんな廃物でも消化できるにしたって、砂の上の自分の影を食うことなどできやしない」

それから一里も歩くと、豚はだまって引き返した。アントワーヌは、砂漠の風のおかげでわが身がすっかり浄められたのを感じると、豚に自分の歓喜の証人になってもらおうと思って振り返った。そこからはるか遠く、石灰と化した草の茂みの後ろに、豚を見つけ出すのに彼はたいへん苦労した。豚は呼吸困難におちいっていた。たった今、肢《あし》をヘビに噛《か》まれたのだ。アントワーヌの驚愕《きょうがく》は、しだいに大きな悲しみに変わっていった。豚を苦しませることを恐れて、彼はただ祈りと長く垂れる唾液《だえき》だけで手当をした。自分の清らかな心の底からわきあがってくる唾液だから、きっと効力があると彼は信じていた。豚は、針のようにとがり、また針さながらに突き刺すような目で、アントワーヌを見ていた。それは見るも哀れな目だった。ふたたび完全に健やかな豚の目になるために頼れるものといっては、もう不器用者アントワーヌしかいないのだ。そこで、隠者はこう思った。

「ああ、なんと早く不幸がやって来たことか！」

彼は、いま砂漠にいるのは豚と、毒と、そして彼自身だけだと感じていた。そして、この三者のうちの、ただ一つが、目に見えて活動し、自分の領土をひろげ、暗闇と血の迷宮の中で、豚の心臓を攻撃しようとしていた。

豚の肢は、あわれな隠者がほどこす唾液の治療もかいなく、見るも痛ましく脹《ふく》らみつづけた。彼にはわかっていた、短刀で豚の肢を切ってしまうべきだったのだ。しかし、刃を一瞥《いちべつ》しただけで、豚もアントワーヌも嘆声をもらして、ふたりとも気弱になってしまうのだった。

そのときだった、ある予感にとらえられた牝豚が、乳房も踊り狂うほどの全速力で砂漠をかけ抜けて、豚のそばまでやってきた。そして、傷口を吸って、毒を吐き出し、痛む肢を鼻面で摩擦して、そこに血をめぐらせた。豚は、うめき声ひとつもらさず、この処置に耐えていた。彼は、牝豚に目でこう語りかけていた。

「おまえがいなければ、おれはもう終わりだったよ。よく来てくれた」

「まったく、わしはなんの役にも立たない人間だ」と、アントワーヌは思った。

「そんなことはありません」と、豚と牝豚は意味深い沈黙を保ったまま、彼に答えた。「あなたは蛇に噛まれたときの毒の治療には役立たない、ただそれだけのことです」

そこで、今や豚とその牝の友達を別れさせることはできないのだと、アントワーヌにはわかった。

それから三者は道をとって返し、あまり乾燥していない地域へと向かった。そこなら隠者も役に立てると思ったのだ。ときどき、人々が助言を得ようとして、はるか遠方から、悪魔との戦いについて知り尽くしていた彼を呼び求めた。すると彼は、村の子供たちと遊んでいる素裸の黒人の子供が、そのターバンの下に二本の角を隠していることをあばきたてるのだった。そこで悪魔は、せっかく変身の苦労もかいなく、騒ぎ立てることなく、即座に姿を消すしかなかった。

牡豚と牝豚をつれて、隠者がとある村に着くと、村中の豚が彼のもとにやってきて、仲間の到来を歓迎した。豚を飼っている農夫たちもそこに加わった。けっこうな歓迎ぶりだった。しかし、豚肉商人たちは、隠者が彼らの職業を擁護してくれるものと期待した。「近寄るな、豚肉を商うものたちよ。アントワーヌは、そのような糧を食べはしないのだ」と、思わず彼は口にするところだったが、すぐに考え直した。「許してやろう。彼らもやはり人間なのだ」

砂漠の村人にとって、アントワーヌがやってくることは、多くの場合、年に一度の見せ物となった。夜になると、村人がこぞって、隠者が眠りながら苦しむ様子をうかがいにきた。というのは、隠者はかなりこっけいな眠り方をしていたからだ。口のなかに拳《こぶし》をつっこんで、いつでも噛むことのできる状態で、肉体的苦痛を頼りにして、あまりにも魅惑的な娘たちを彼の夢から遠避《ざ》けようとしていたのである。

ある夜のこと、隠者の寝床の中に、どぎつい色を塗った砂人形を入れた者があった。どうやら娼婦をかたどった人形らしかった。アントワーヌは目が醒《さ》めると、それに気づいたが、純真な彼には、赤ん坊の姿にしか見えなかった。そこで、彼は、砂漠の風に運ばれて養女にやってきたこの砂の娘を、けっして手放すまいとかたく心に決めた。これからはこの子が、彼自身の感情が無垢《むく》であるように見張ってくれることだろう。ところが、隠者が村を立ち去る姿を見て、村人は笑った。彼は腕に干からびた人形を抱いて、御供の豚を連れており、そのあとに牝豚がつづいていた。そして牝豚の孕《はら》んだ腹は隠しようもなかったのである。

聖者は、牝豚の腹の差し迫った事態に最後まで気づかなかった。

「事にそなえて、あそこに身を隠すことにしよう」と、彼は供の二匹に言って、見捨てられた小屋のほうへと歩いて行った。そこでは、一人の学者が本の間にうずもれて死んでおり、彼の骸骨《がいこつ》は注意深い読書家の姿勢を保ったまま輝いていた。

その日のうちに、死者の足元に堆積《たいせき》したパピルスの中から、豚の飼育にかんする研究書を見つけ出すと、アントワーヌはそれを開いて読んでみた。

「牝豚はたいへん貪欲であるから、自分の子供を食べてしまうこともしばしばある。それゆえ、とくに初産の場合には、監視を怠らぬようにしなければならない」

「今回は初産だろうか」と、アントワーヌは不安にかられて自問した。「ああ、いつもこうだ、よく知らないことばかりだ！」

それから、さらに読みつづけて、

「子供の数が乳房の数より多いときには、一番弱い子供を犠牲にするのがよいだろう。これは賢明な予防策となるだろう」

彼は、牝豚の晴れやかな腹部を注意してながめてみた。その中には、数えきれないほどの子豚が入っているにちがいなかった。そして、いま、慈悲と知恵が、その子豚の幾匹かを殺すように彼に命じるのである。彼はこれまで、血を流すことを拒んで、木の根しか食べなかったというのに！

「ああ！」と、彼は嘆声をもらした。「生きることが次第にむずかしくなる」それから、彼は跪《ひざまず》いて、この事態をはっきり見極めようとした。

彼が祈りを終えると、小屋の戸口に雲のようなものが現われた。それは、たえず動いている普通の雲のようではなかった。この雲は、あきらかにだれかを待っていた。

「これに乗り込むのだ」と、内心の声がアントワーヌに言った。

「用心しろ」と、別の声が言った。

「おまえに乗れと言っているのだから」と、天使の声が、外から叫んだ。

聖者は雲に乗り込んだ。その中は、なんと心地よかったことだろうか！　彼はそれに顔を赤らめるところだったが、雲がその余裕をあたえてはくれなかった。彼を乗せたまま、雲はすでに空に舞い上がり、空はみずからの胸の内に急いで隠者を迎え入れようとしているように見えた。

まだ彼が死ぬときではなかったのだ。アントワーヌは地中海を飛びこえた。彼の乗った雲は、犬のように忠実で、鳥のように速く、羊のように綿毛におおわれ、人間のように心遣いに満ちて、全速力でカタロニアの都のほうへと進んでいった。他の雲たちは、できればその雲の様子をうかがって、いったい何事が起こったのかを知りたかったのだけれど、近づくこともできなかった。

その軽やかな乗り物は、隠者を市庁舎の中庭に降ろした。そこへ人々がつめかけてきて、なぜ彼をここへ呼び招いたのかを説明した。カタロニアの王妃とその子供たちの身体に悪魔がとりついたため、アントワーヌにそれを追い払ってくれるよう期待したのだ。そして、国王と宮廷の人々が、祈りの力で、エジプトの空から雲を一片切り取り、隠者を乗せて、バルセロナに連れてきてくれるように願ったのだった。ところが、隠者が王宮の中に入ろうとしたとき、彼の服の裾を引っぱる者があった。

「おお！　どうしたことだ」と、自分の牡豚と牝豚の姿を認めて、聖者は言った。「おまえたちは、どこから出てきたのだ」

二匹は、隠者が心地よくうっとりしているのを幸いと、雲の隅の暗がりに乗り込んだのだった。そこで、牝豚は四匹の並はずれて大きな子豚を産み落としたが、そのうち三匹は申し分のないりっぱな体格だった。残る一匹は目も肢もなく、牝豚はその子を口にくわえて、とがめるように隠者に差し出した。

長官はこれらの闖入者たちを追い出そうとしたが、アントワーヌはためらうことなく、彼の手をとって、生まれたばかりの子豚の〈目と肢がない箇所で〉

十字を切った。するとたちまち、子豚は目が見えて、あちこち走りまわって、感謝の気持ちをあらわした。アントワーヌの魂はきわめてすぐれた技量をもつようになっていたから、そうした奇蹟のはたらきのすべてをやってのけたのである。

国王の家族を病気から癒したあと、隠者は、雲の道を通って、自分の動物たちといっしょにエジプトに帰った。ほどなく、彼はだれの目からも、砂漠の聖アントワーヌとして認められるようになった。しかし、ここで言っておかなくてはならないが、カタロニアへ旅する前からすでに、慧眼《けいがん》のキリスト教徒は一人ならず、隠者の頭のまわりに黄金の輪がかかっていることを指摘していたのである。その環《わ》は日ごとに輝きを増していき、子供たちが椅子の上にのぼって、また泥棒が真夜中に、その環を取り上げようとしたが、かなわなかった。

思春期の娘

職人が住むような煉瓦造りの小さな家で、家族に囲まれて暮らしているこの十六歳の娘は、しばらく前から未知の出来事が自分の身に起ころうとしているのを感じ、それに前もって備えたいものだと考えていた。

そうしているあいだにも、彼女は姉と同様に、こまごまとした家事をきちんと片付けていたので、だれもが、彼女のやさしさと謙虚さは信頼できるものと思っていた。

ところが、ある日、彼女が父親にいつものようにコーヒーを持ってきたとき、どうしたことかスプーンが消えてしまった。そこで、母親は、幽霊の見えない指がそれをねらっているとでもいうように、父親にそのコーヒーには手をつけないようにと頼んだ。父親は肩をそびやかし、一気にそれを飲んだが、何ごともなかった。

また別のときには、娘が新聞をちらっと見たあと、両親に渡そうとしたとたん、それが姿を隠してしまった。

二週間が何ごともなく過ぎたあと、こんどは皿の番だった。その思春期の娘の手から落ちた皿が、台所のタイル張りの床の上で音も立てずに割れた。それがあまりに奇妙な静けさだったので、父親はなにか突飛な物音を聞いたかのように、一瞬振り返った。

おそらくこのような出来事は、裕福な家だったら、ふつうは不注意と乱雑にまぎれてしまって、気づかれなかったことだろう。ところが、この多少とも貧しい人々にあっては、こうした事件は人目を引くものなのである。彼らはフランスの北部、L…町の郊外に住んでいたが、町の人々は実直で働き者であるとの評判であった。

とくに母親はこのことを悲しんだ。彼女はもう皺《しわ》だらけになっていたのに、その顔にあらたにつけ加わる皺のための小さな場所を、どうしたら見つけられるだろうか。その顔は、家族のどんなささいな心配事も記録する証人の役目をはたしていたのである。

この地域の配達用馬車の御者であった父親はといえば、過ぎ去った事件をいつまでも心配する男のようには見えなかった。

あご髭《ひげ》を無造作にはやしたこれほど粗野な男と、苦労の多い生活のさまざまな心配事にだけ心をくだいている妻から、どのようにして、数日前から運命の関心の的となっているこの娘が生まれたのだろうか。この運命が娘に寄せる奇妙で執拗《しつよう》な関心は、つつましい家の空気の中にまで痕跡を残すように思われた。そうなのだ、実直な一組の男女がいっしょになって、家庭を築きあげるのである。だれがそれを、邪魔することができるだろうか。彼らはこれまで一度も、日頃の言動で近所の人々を驚かすようなことはなかった。しかしだからといって、彼らの子供のだれもが、あの奇妙な現象を自分の内部に留めておけるとは限らない。それは、私たちにとりついて、いつも外へ出て行こうと望んでいるのだから。

その娘は、自分自身にさえ打ち明けたくないようなことを、両親に隠していた。何週間も前から、彼女はほとんど毎日のように、朝注意してきちんと整えたはずの寝床が乱れているのに気づいていた。そして、箪笥《たんす》の中に整理しておいた下着もすっかり乱雑になっていて、たいていの場合、彼女自身は細心にやったと確信しているのに、それら物のほうでは全然おかまいなしというふうだったのだ。

二人の姉妹のうち、姉はいささか急ごしらえだが栄養たっぷりな料理をつくっていたのに、妹のほうはしばらく前から、あまりにも夢見がちに料理の準備をするものだから、家族のみんなはときどき、ほんとうに自分は食べているんだろうかとか、口が夢想し始めたのだろうかとか考えた。そこで、父親がとうとうこう言った。「若鳥のローストなのに、仔牛の胸腺《きょうせん》のアスパラガス添えの味がするなんていやだね」。それでも、彼は「これは極上の味だ」ということを認めた。

ある日のこと、彼は自分の職場の厩舎長《きゅうしゃ》（彼にとってはたいへん大事な人物で、美食家として知られていた）を招いてもてなした。母親はぜひとも姉に料理をさせることを望んだが、父親の意見が優勢だった。「妹のほうが、ありきたりじゃない料理をつくるよ。きっとそうだよ。あの子を信頼すべきだよ」

娘は父親の太い声を聞くと身体がふるえたから、この晩餐《ばんさん》の支度を受け持つことをどんなに恐れているかなどとは、とても口に出す勇気がなかった。そこで、おそるおそる彼女は夕食の準備をした。それほどまでにも、運命がこのつつましく小柄な身体とその動作をもてあそんでいるのを感じていたのである。

食事は前菜で始ったが、そのとても洗練された味わいと、分量がいささか少なかったこと、それだけが会食者の注意を引いたにすぎなかった。次にはオーブンで焼いたすばらしい鯉料理が出された。見た限りではみごとなものだった。ところが、誇らしさを隠しきれない父親が自分で会食者に給仕しようとしたとたん、魚は全部、窓から飛び出して、家のすぐそばを流れている川へと逃げ込んだ。一匹だけがしばらく窓ガラスに張りついていたが、それとてすみきった水の中の仲間たちに喜んで追いつくのに支障はなかった。みんなの呆然とした目の前で、ソースが分解し、皿の熱がこっそりと竈《かまど》のほうへと戻っていき、その途中で父親と招待者の手を少し火傷させた。

皿は空っぽで、洗われたばかりのように光っていた。父親は憤慨して、招待客に急いで取り置きの物を食べさせなければならなかった。

「おまえは恥ずかしくないのかい?」と、彼は客が帰るとすぐにきびしく娘をとがめた。娘のほうはエプロンに顔を隠すのだった。

「この次は、もう心配しなくていい。おまえには料理をさせないから」

それから、さらに何かとがめることがあると感じて、こう付け加えた。

「おまえは気位が高すぎる。だから、おまえのやることは何一つきちんとおさまらないのだ」

「しかたないわ、人生ってこんなものなのね」と、一人になると少女は思っ

た。

「ねえ」と、母親が夫に言った。「あの子のこと、もっとやさしく話してやらないといけないんじゃないかしら。あなたは、あの子を恐がらせているわ」

「なんだって、悪いのはわしだと言うのかい」

そして、また別の日のこと。

「あの子、そろそろ結婚させないといけないんじゃないかしら」と、妻が言った。

「だが、いったいだれが望んでくれるだろうか。あの子がなんの役にも立たないことは知られ始めているよ。実直で働き者の若者があの子と結婚することに同意するなんて、どうしてそんなことが考えられるんだね」

「でも、あれはとても気立てのやさしい子ですよ」

「わしはむしろ、気立ての悪い娘でも、腹の足しになるスープが作れるなら、そのほうがいいよ……」

「……それに、窓から逃げだすあんな夢みたいな料理じゃなくて」と、心の中で思ったことをいつも二回に分けて言う父親は、こう付け加えた。

少女は自分の振る舞いにすっかり落胆して、もう泣くことさえできなかった。そうだ、泣くのはまだすっかり人生に絶望していないからだ。それはまだ、とにかく、涙の力とその熱さに、ぼんやりとした何かの信頼を寄せていることなのだ。わたしたちの内なる部分がわたしたちといっしょに外部の出来事に身をさらすようになる、それが泣くことではないのだろうか。

娘は痩《や》せてしまった。痩せて、顔色も悪くなった。

「あとには何が残るのかしら」と、不安になった母親は言った。「そのうちに、わたしがあの子に言葉をかけても、返事をしてくれるのは、ふわふわ浮かんだ服と、かろうじて開かれた二つの大きな目だけになってしまうわ」

彼女は娘をできるだけ慰めたが、娘はいまではすっかり感じやすくなって、近づいただけでその心を引き裂きそうだった。

彼女は、両親の世話になっているのをとても気にしていた。母親は、そんなことは大したことじゃないとわからせるために、娘のナイト・テーブルの抽斗《ひきだし》の中に、ときどき五〇サンチーム硬貨を数枚、あるいは二フラン硬貨を一、二枚入れておくのだった。

「これはおまえのものだよ。とっておき」と、彼女はある日娘に言った。

けれども、少女はそのお金に触れようという気にはなれなかった。

ときどき、彼女は厩舎《きゅうしゃ》のほうへと散歩に出かけた。父親の馬たちに近づいて、気高く神秘めいたこの動物たちといっしょにいるのを好んだ。彼女がたそがれどきにやってくると、馬たちは仕事から帰ったところで、餌《えさ》をむさぼっているのだった。馬たちの歯の間でオート麦がたてる音、ピンと立った耳、そして秣桶《まぐさおけ》がからっぽになると無言の世界の底から戻ってくる彼らのまなざし、それらすべてが彼女の心を動かしたが、馬たちが長いあいだこちらを向いてたえず自分のいることを確かめてくれたから、その感動もひとしおだった。ある日のこと、はっきりした理由もなく、一頭の馬が他の馬の首を噛《か》んだことがあった。厩舎の隅に隠れて、自分の悲しい境遇についてのひとり語りにふけっていた少女は、馬たちに自分の打ち明け話が聞かれたのかと思った。

「どうしたんだい、そんなふうに馬を興奮させたりして」と、ある日とつぜん厩舎の扉を開けて、父親が言った。「ほかに自分の居場所がないのかね。このかわいそうな動物たちの邪魔をしに来たりして」

また別の日には、中庭で娘の姿を見た父親は、こう言うのだった。

「いいかね、おまえは、ほんとうに治ろうと努力しているのかい。それとも、裕福な家の娘のように、気ままに暮らしているのかい」

彼女は答えなかったが、すぐに父の家を出ていく決心をした。

その翌日朝早く、夜明け前の暗がりの中で、彼女は服を着はじめた。自分と同様、その部屋の中では余計者の靴下を履き、普段着のドレスを身につけた。そのあいだ、姉がとつぜん目を覚まして、「こんな時刻にどこに行くの」とたずねはしないかと、それが心配だった。

娘は通りに出た。

自分の貯金箱から持ってきた五〇サンチームと二フラン硬貨は全部で八七フランあったが、それがもつあいだは生きていこうと考えた。それからあとは……だってそうなのだ、川に飛び込むのは鯉だけじゃないのだから。

彼女は長いあいだ歩いた。水の流れを見失わないようそれに沿って歩き、一〇時ごろ、大通りからかなり外れた旅館に着いた。そこで、背が高く、高いけれどもやさしく媚《こ》びる女性に迎え入れられた。

「名前はなんとおっしゃったかしら」と女主人は、これまで会ったこともないのに、とても慇懃《いんぎん》に言うのだった。

娘は部屋にあがり、鞄を開け、身の回り品を不安そうに箪笥の中に整理した。

十五分がたち、さらに三十分がたっても、全部がきちんと整理されたままだった。そこで、身のまわりの持ち物が和解してくれたことに元気を得て、すっかりうれしくなった彼女は、すぐに旅館の主人に手伝いを申し出ようと決心した。

女主人は、そのときまでとてもやさしかったのに、声と態度を変えた。

「あんたはここに、お客として来たのかい、それとも使用人としてなのかい？　それをはっきりさせなくっちゃね！」

「わたしは、持ちあわせが百フランもないものですから……」

「じゃあ、まずその百フランで食べればいいわ。あとのことは、また考えることにして」と、彼女は食人鬼のように残酷に言った。

そこで、娘はこう思った。「奥さん、そんなことで怒ることはないでしょう。聞いたことがあるはずよ、自分の不幸を隠したがる不具な人たちのことを」

七日目の前夜、少女が一週間分の宿代を支払ったあと、性根は意地悪ではない女主人は、こう言った。

「手が足りないから、あなたを台所で使ってあげるわ。でもその前に、あなたに何ができるかを見たいわ。魚を調理することはできるの？」

飛んでいった魚の話は、この婦人の耳にまで届いているだろうか。娘はそれが心配だった。彼女がすぐに仕事にとりかかると、女主人が言った。

「どうして、そんなふうに震えているの。お皿を割ってしまうわよ。もしかして、お酒でも飲んだというの」

「ああ！　これは生れつきなんです」

「たぶん、働いているところを見られたくないのね」

夕食はとてもおいしくて、外国人もまじえた二、三人の宿泊客は、少女を祝福するために台所までやってきた。

彼女は父親のことはもう考えないように努めた。自分が別れてきたその人のことをほんとうに恨みに思っているのかどうか、知りたくなかったのである。あの人の厳しい態度はまったく不当であったといえるだろうか。それに、夕刻、女中部屋にひとりでいるときなど、彼女はよくこう思ったものだ。

「あたしはお父さんのことを忘れるわ、なんとしても忘れるわ。もうあの人のことは考えたくない」

父親は、子供の出奔《しゅっぽん》にひどく心を痛めた。どうして気が咎《とが》めるのか正確にはわからなかったけれど、あまり晴れ晴れとした気持ちにはなれなかった。娘を見つけだすにはどうやったらいいのだろう。彼も妻も、警察はもちろん、隣人にさえも知らせる必要はないと思っていた。

「娘はいとこのところに出かけたんです」と、彼らは言っていた。そして、人々は、これまでに聞いたこともないその親戚がどんな人たちなのかをたずねないだけの礼節をわきまえていた。

それでも、ときどきは、この家族の友人たちは、もの問いたげに、暗い川のほうへ視線を投げかけるのだった。

毎朝、父親は、馬に車を引かせて出かけた。一頭の馬には「嵐のあと」、もう一頭には「静けさ」という名前がついていた。すなわち、御者はこの二頭を同じように愛していて、ともすれば区別がつかなくなった。力強さとやさしさ、それがこの二頭のモットーであり、娘が失踪《しっそう》してからはとりわけそうだった。

「ああ！」と、父親は思った。「人でも、動物でも、道具でも、何かを信頼できるということ、それが働くものの喜びなのだ」

そして、この男は、道端の木々の知恵と同様に自分の輓馬《ばんば》に信頼を寄せていた。

「娘はどこにいるんだろう。だんだん遠く離れていっているのだろうか。あの子、そしてあの子のかわいそうな不器用さ、いったいどこへいってしまったのか。もう死んでいるかもしれない。あの子を受け入れてくれる人なんて、はたしているものかどうか」

だがこう思いながらも、この不幸な男は、二度と娘に会わないほうがいいと考えていたのである。

ある日のこと、どうしたことだろうか、少女が働いている場所のごく近くで、彼の馬が暴走した。だが、父親がこの方面に来たのはおそらく初めてだった。

御者は馬車から外へとほうりだされ、旅館の玄関から数歩のところで、額に血が出るほどのけがをした。人々がかけつけてきて、娘はテープと布切れを取ってきて、父親の頭に包帯を巻いた。けが人を介抱する彼女の手際のよさにはだれもが感心した。そのあいだ、馬たちは、暴走したことなど忘れて、五月の芝生の草を無頓着に食べていた。

「かわいそうな子だ」と、父親は思った。「死んではいなかったんだね。いまこうして、わしに包帯を巻いて、あの世に送ってくれるなんて。ああ、おまえはなんの役にも立たない自分の手をそんなに信頼して、わしを殺してしまうのだ、わしはこの出血で生命を失うのだ……」

彼はそれ以上、言葉を続けることができなかった。気を失ってしまったのだ。人々は彼にコニャックを飲ませた。意識が回復すると、彼は包帯がしっかりと巻かれたままなのを認めないわけにはいかなかった。申し分のない巻き方だった。包帯をとめる安全ピンには小さな飾り玉までついているではないか？

その晩、家に帰ると、少女は自分の声がとても快活なのを耳にして驚き、ひとりで食事の用意をしたいと思った。

「かまわないんだよ」と、母親は言った。「おまえはいろんなことで疲れているに違いないからね」

しかし、その娘はエプロンをかけて、自信にみちて、台所に入った。

「今晩の夕食の材料は何かしら。ああ、鯉だわ！　旅館のお客さんたちのために料理したものだわ、みんな喜んでくれたわ」

母親と姉は、不用心に調理に取りかかろうとする娘を手伝おうとした。父親はふたりのスカートをつかんで引き止め、台所から連れ出すと、妻にこうささやいた。

「ひとりでやらせておきなさい。まかせきって大丈夫だ、請け合うよ。あの子はもうりっぱに成長したよ。申し分なくやる手際をこころえている」

家族団欒《だんらん》のなかでの平和な夕食は、この世の他の数千もの夕食と似たものだった。ランプの下の円卓を取り囲む父親、母親、そして二人の成長した娘たち。ランプの明かりに等しく照らされた四人の顔は、戻ってきた幸福のせいでどことなく厳粛さをただよわせていた。

牛乳の椀

やつれてはいるが粘り強い若者が、パリの町を横切って、なみなみと牛乳をたたえた大きな椀《わん》を遠くに住んでいる母親のもとへと運んでいた。彼女にとっては、この牛乳だけが生命の糧だった。毎朝、彼女は窓辺で、椀の到着をうかがっていた。

母親が腹をすかせているのがわかっていたから、若者は一刻も早くと思ったけれども、液体をこぼすおそれがあったから急ぎすぎないようにした。ときには、牛乳の表面に息を吹きかけて、小さな煤《すす》や埃《ほこり》を椀の縁へ追いやって、そっと取り除いたりもした。

ベリ街とパンティエーヴル街の角にある食料品屋の主人は、しばしばこう思った。「遅れているな。牛乳の椀が通ってからずいぶんたつのに、まだ品物を並び終えていないとは」

「おまえにつらい思いをさせたくはないけれどね」と、母親は、椀の底に残っているものを見ながら若者に言うのだった。「きょうはきのうよりも少ないよ。おまえは、きっと、人混みにもまれて来たにちがいないね」

「もう一杯取りに行ってくるよ」

「だって、そんなこと無理なのは、おまえもよく知っているじゃないか」

「そうだね」と、若者は頭をうなだれて言うのだった。

それに、運ぶにあたって、牛乳を罎《びん》の中に入れることも彼には固く禁じられていた。禁じられていたって？　でも、いったいだれに？

若者は部屋に入ると、いつも始めにこう言うのだった。「お飲みよ、ママ」。それが彼のあいさつの仕方だった。それから言いそえた。「急いで飲むんだよ。いつも少しは蒸発してしまうんだから」。それから、一滴たりとも無駄にならないのを確かめようと、母親が飲んでいるあいだ、その喉仏《のどぼとけ》が出たりひっこんだりするのを見つめていた。

毎日、牛乳を飲む母親の力が弱っていくのを確かめて、息子は悲しそうに、「母さんは長くはもたないだろう」と思った。

「でも、この大きな椀はなかなかいいよ、あたしの年には大きすぎるかもしれないけれど、あたしはとても元気だし、もし具合が悪ければ横になればいいんだし」

母親が死んでからずいぶん時がたったというのに、息子は毎朝牛乳を運び、煤や埃を取り除きつづけていた。けれども、「お飲みよ、ママ」ということばは胸のうちにしまっておき、台所へ行って、そこで孝心あつく慎重に、碗の中身を最後の一滴まで排水孔の中に流すのだった。

町の通りであなたがすれ違う男たち、彼らは町のある場所から他の場所へと移動しているのだが、それにはいつももっともな理由があると、あなたは思っているだろうか。もちろん、彼らの何人かにたずねてみてもいい。すると、彼らは「仕事に行くんだよ」とか「薬局へ」とか、また他のところへ行くとか言うだろう。けれども、あなたがわざわざたずねてみても、答えるのにひどく狼狽する人たちがいるかもしれない——どんな日和であっても毎日同じ時刻に、同じ行為をするべく刑を宣告されているあの不幸な息子のように。

蠟人形たち

劇場支配人はたいそう愛想のいい男だった。彼が作者の目の前で原稿の端をちぎって小さく丸めるとき、いつもにこやかにやるものだから、その仕草から読み取れるのは、何よりも戯曲に対する配慮といささか特異な関心の示し方だけだった。そして、そうしながらも、彼は男らしい優しさに満ちた目で、作者を注視することをやめなかった。そうなのだ、だれも間違うはずがなかった。このまなざしはこう告げているように思われた。

「いいですか、あなたを怒らせずにこうして原稿をちぎることができるのは、わたしがあなたを愛しているからこそ、わたしたちがお互いの友情を信頼しているからこそなのですよ」

舞台総稽古の日、作者は、自分が書斎の静寂のなかで書きあげたものを聞くために集まってきた観客を見て、一瞬、胸苦しさをおぼえた。

「いったいどんな必要があって、これを舞台にかけなくてはならないのか！自分の頭の中にひっそりと、あるいは本の中に慎ましく、これを静かに寝かせておいてはいけないのか。それに、まだ上がらない幕をじっと見つめていたあの連中ときたら、まるで、作者の顔そのものや、その〈うしろで何が起っているか〉を見せてもらえるものと思い込んでいるみたいじゃないか」

それでも、いちばん信頼できる友人たちの顔を見ると、彼はじつに励まされる思いだった。同じ屋根の下で、彼らみんながそこにいるのが見える、機知にとんだやつ、深遠さを好むやつ、幼なじみ、軍隊友達、熟年になってからの友人。その晩、いささか熱にうかされた作者には、友人たちの一人ひとりが、なんらかのかたちで、この日が自分たちにとっても、晴れの日であることを示したいと願っているようにさえ思われた。ある者はふだんよりも背がいくらか高く、もうひとりは肩が広く見えた。この男は実際に太っていたし、別の男は極端に痩《や》せていた。金髪のその男は、生まれて以来初めて足を引きずっていた。おそらく、彼らはタキシードを着るだけでは充分ではなく、少しは自分の身体で示す必要があると考えたのだ。そして、彼らはこう言い交わしているようだった(彼らはほとんどひと固まりになっていた)。

「うまくいこうと、しくじろうと、もう今じゃおれたちの責任じゃない。おれたちはできることはすべてやったんだから」

ことは作者にとって重大であった。二十紙におよぶ新聞のなかで、彼は、自分が書いたような韻文の戯曲は、文学通も大衆も、等しくその関心をひくだろうと断言したのではなかったか？

第一幕の終わりに、作者は舞台脇の自分の席から、ふだんは彼の友達であると公言していた何人かの観客が大きな身振りで拍手しながら、実際にはまったく音をたてていないのに気づいた。そこで彼は、そのときまでは信じるまいとしてきたことを認めざるをえなかった。すなわち、劇場のクロークでは、――舞台総稽古の日と初日には――見かけはまったく革の手袋と変わらない特殊なゴム製の手袋が売られているということを。彼の意地悪い友人たちは、その手袋を入手して盛大に拍手したのだが、ただしそれは役者を意気沮喪《そそう》させ批評家を凍り付かせる恐ろしい静寂のなかでだった。クローク係の案内嬢に、「それを一組くれ」と言うだけで充分だった。すると、案内嬢は薄紙にきちんと包まれたその手袋をそっと手渡してくれる。ある者たちはずうずうしくもそれを手にはめて、作者に話しかけ、手を動かしながらゴムの強い匂いを彼の鼻の近くにまき散らした。また他の者たちは――ついうっかりしたのか――上着のポケットから手袋の二つの指をのぞかせたまま、戯曲がたいへん気に入ったと語るのだった。

ますます熱にうかされるようになった作者に打撃をあたえたのは、偽善の証言だけではなかった。観客のひとりが前桟敷席にやって来て、讃辞を述べ、この作品が好きなわけを説明しているあいだも、その男の顔は次第に、ちょうど鼻筋を境にして左右半分づつ、赤と白にはっきりと色分けされるようになったではないか。

「赤白半々の唇からこんな賛辞が出てきても、この男が本気で言っているのか、わかりはしない」と、劇作家は疑いに満ちた目で相手を見ながら思った。そのあいだにも、相手の男は、目の見えない者だけが歓ぶような言い回しで戯曲について語りつづけていた。

作者の同業者のひとりで、たいへん正直者だとの評判を得ている男が、外に出ようとしていた。

「きっと、感想を言うためにぼくを探していたに違いない」と、劇作家は考えた。「いや待てよ、彼はとても内気だから、いま言うのはふさわしくないと思って、あとでぼくに手紙をくれるつもりだろう」

そこで、彼はその男の肩に軽く触れた。ちょうど相手は、作家と会わずにすますことができたと思いながら、劇場の扉をくぐろうとしていたところだった。

「やあ、君の意見を聞きたいね」と、作者はいささか痛ましい自信のほどを見せてたずねた。相手はすぐに答えた。

「ぼくがいつもどれだけ君の作品を好んでいるか、それはわかっているはずだよ。でも白状すると、今回の戯曲は、ぼくには、そうなんと言ったらいいのか、君のほかの作品に比べるとちょっと見劣りするように思えるね」

しかし、この告白は善良な男にとってはたいへんつらいことだったので、彼は作者の目の前で小さくなりはじめた。一方、作者のほうは、できるかぎりの手をつくして彼をなだめ安心させようとして、自分もこの作品の欠点は認めているし、もう二度と芝居は書かないつもりだと言明した。ところが不幸なことに、安心させようとしたことばが、ますます小さくなっていく男を傷つける結果になった。彼は急速に極小へと変貌《へんぼう》しながら、作家のほかの著作に対する賛辞を述べたてて弁解しつづけ、年端のいかない子どものような手で、見えない水面で溺れる者の仕草をした。それからついに彼は作家の目の前で消えてしまった。作家のほうでは、もし突然相手の男が別の集団の中にふたたび姿を現わすのを目にしなかったら、この意図せざる殺人に茫然自失してしまっただろう。男はもとの背丈にもどっていて、頑固そうだが真心あるその顔には、彼のいつもの「なすべきことをなし、あとは言わせておく」という態度が見て取れた。

帰宅すると、作者は、上演中は舞台をまったく観ていなかったことを、内心で認めざるをえなかった。悪臭を放つあぶくのように、町に悪評をまきちらすはずの観客の顔ばかりを、前桟敷席の奥からずっとうかがうことしかできなかったのだ。

上演は初日、二日目、三日目と過ぎた。事務所で、支配人は作者にむかって、「お客を集める」必要があるが、客席を埋めるのはむずかしいと語った。「なるほど」と、不意打ちをくらった作者は考えた。「椅子はたっぷりとある。左右に、前後にと並び、まだそれでも足りないというように、補助椅子が隠されていて、劇場は満席になるためにあるということをいやでもわからせてくれる」

それでも、作者の妻は、たいへん苦労して優待券をばらまいたのだった。小柄で痩せて、さえない顔色の彼女は、どこへ行っても人の注意を引かなかったから、それをうまく利用した。劇場で、彼女は自分の仕事の成果を確認することができた。なじみの靴屋のおやじのとなりに新聞屋のかみさんが腰かけ、またその両側には牛乳屋と洗濯屋の女主人がいるのが見られた（まさしく彼らの店の並びと同じだった）。シャツ屋のおやじは、ふだんには見られない頑固さで、「言っておきますが、わしは観に行かれませんので」と答えた。書留便の配達人は、いろいろ理由をあげるのだった。

「ああ、奥さん、平日は一日中配達なんですよ」

「でも、日曜日はどう？」

「日曜日は、母の世話があるもので」

上演も五日目になると、観客は寥々《りょうりょう》たるものとなったので、支配人は作者を脇へ呼んで言った。

「さあ、今晩から、蠟《ろう》の歩兵隊のおでましといかねばなりませんね」

すると、作者は答えた。

「ふーむ、そうか……」

そんなものを持ち出して使うことには賛成しかねるというふうだったが、実際には、彼はいったいなんのことやらさっぱりわからなかったのである。そこで、支配人が説明しなければならなかった。しばらく前から、いくつかの劇場では、前売券の売れ行きがいちじるしく悪いときには、地下室から予備の観客を引っぱり出すようになっていた。彼らは精巧な模型で、人間そっくりに似せてあり、ただ金髪か栗色の髪か、肥っているか痩せているか、そういった特徴をもつだけではなかった。たとえばこの男は本人がそう見せたがっているほど馬鹿ではなかったし、別の若者は行儀の良い子どものように見えても人目を忍んで女たちに会いに行くことを心得ていただろうし、また向こうにいる男は貯金もないのに小切手にサインすることを平然とやってのけただろう。しかし、そのすべてが、田舎のいとこであれ、軍人であれ、根っからのパリっ子であれ、帰化人であれ、ヨーロッパ人でもアメリカ人でも、なによりも模範的な観客といった様子をしていた。彼らは、いかにも舞台に興じているという様子で、かたときも目を離さず、おまけにその目には、まもなく芝居が終わってしまうのではないかとの心配の色をうかべていた。幕間《まくあい》には、このまなざしはその対象を失って、いささかみんなを不安がらせたことは認めなくてはならない。けれども、それは仕方のないことだ。

開幕一時間前に、マネキンが配置された。彼らは待つことを知っていたし、ある者たちは、必要なときには、拍手することも知っていた。たくみに配線された電線が、称賛を送らねばならない瞬間を彼らに知らせた。そして、彼らのひとりが、機械の故障のために、いつまでも拍手しつづけることもしばしばだったが、観客は、大人の中にまじった子供がとつぜんラッパを吹きはじめるときのように、ほほ笑むだけで我慢していた。そこで、裁断の悪いタキシードを着た機械工がつつしみのないマネキンに近づいて、隠されたボタンを押すと、一件落着というわけだった。この拍手するマネキンはかなり値がはったので、観客席にたくさん並べるというわけはいかなかった（およそ十体に一体の割合だった）。芝居にもっとも効果があがるように、あちらこちらと、巧みに配置された。もちろん、この人間ならざるものの存在にだまされる者はひとりもいなかった。しかし、支配人の言うところによれば、観客は、半分しか塞がっていない客席を見るよりは、この代理人たちを見るほうを好むし、そのような出費を惜しまなかった劇場側に感謝するだろうというのだ。

ただこの作者だけが、そのような闖入者《ちんにゅう》に慣れていなかった。彼には、恐ろしい懲罰が百の顔をして並んでいるように思われた。まったくいわれのない罰だった。ある日のこと、彼はひどく気分が悪くなった（芝居の評判と同様に彼の体調はかんばしくなく、空席が目立つようになるにつれて、心臓はしだいに脈の結滞を生じるようになったのだ）。

「ああ、お願いだから」と彼は叫んだ。「きょうはマネキンを出さないでくれたまえ。そんなことでだれもだませはしないよ」

「そう言ってくださるのは、たいへんありがたいんですが」と、支配人は皮肉っぽく言った。「うちの役者たちに、空の客席を前にして演技をしろとはいえませんもので。マネキンはそのためにつくられているのですから、それにこのことは慣習になっていますので、マネキンの協力をあおいでいけない理由がわたしにはわかりませんね。まあ、ここはわたしにまかせてください。もしあなたの芝居が救われるものなら救いましょう。少なくともできる限りのことはしておきますから」

そこで作者はもう一度、毎晩、前桟敷の奥から、自席に鎮座したこの蠟の市民たちを見ることを承諾せざるをえなかった。観客の姿はますます少なくなり、マネキンの数が毎日ふえていくように思われた。作者はとうとう、口の中に蠟のおそるべき味を感じるようになり、さらにはさまざまな考えがひどく混乱して糊付《のりづ》けされ、その中にまで蠟の味が染みこんだ。

そんなわけで、ついに彼は、もう二度と上演には立ち合わないことに決めた。

彼は季節の果物を求めて——そうだ、自然は果汁をたっぷりふくんだ素朴な果実を供給しつづけていたのであり、それは芝居の小道具に使われる果物ではなかった——、それから、彼は自分の部屋に閉じこもった。扉に施錠してから、四囲の壁の中で、一人きりになって、オレンジを食べた。ここには、生きた観客も生きていない観客もいなかった。皿の中央に種を一つずつ吐き出したが、拍手が聞こえるわけはなかった。果汁を飲み込んでも、ボックス席や桟敷席の観客、それに案内嬢に気兼ねする必要はなかった……。

翌日、彼は寝床から出るのを拒んだ。部屋に入ってきた妻を引き留めようともしなかった。彼女の目に、好奇に満ちた観客のまなざしを彼ははっきりと認めたのだ。そこで彼は一昼夜のあいだ扉に施錠したが、そうして一人きりになっても、しだいに身に危険がさしせまり、監視されているような気がした。脈は正常だった。熱があったが、それはなおも自分の姿を示し、外部にさらして、多少とも芝居を演じているというふうだった……。

続く数日のあいだ、彼は運びこまれた食事に手をつける気がしなかった。

カーテンのうしろに隠れた三人の診察医の指示にしたがって、妻は一杯の冷たい水を差し出したが、それさえも口にする気がおこらなかった。しだいに内攻し沈黙がちになる彼の世界に対して、外部世界がめぐらすこうした陰謀に加担することを拒否したのである。

人々が彼を眠らせ、食べさせ、小用をさせようとすればするほど、彼には抑えがたい欲求がつのって、消しゴムでわが身を消して、掛け布団と毛布の下にできるだけ身体を隠し、ごく奥深い隔壁のそばに身をうずめたい、と思うのだった。そして、その隔壁を、彼はすでに死の爪そのものでひっかき始めていた。

ある日のこと、主治医は彼が意識を失っているのに気づいた。しかし、額には一本のしわがあって、まだすべてが終わったわけではないことを示していた。

医者は、身内の者たちに、軍事教練を講評する上官のようなはっきりとした声で言った。

「心臓は九時三分にとまりました。この点については疑いの余地はありません。わたしはみずから死を確認し、だれに対してであろうと、われらの友人はもはやわたしたちのもとにはおられないことを断言する用意があります。なおしばらくのあいだは、まだ額があたたかく、脳がその働きを続けるかもしれませんが。こうしたことは、ごくまれに見られることであります――わたし自身、思考し続けることをやめない非凡な芸術家やたいへん律儀な人々の場合に、心臓が鼓動をやめたあとも、こうした状態が見られるのに立ち合ったことがあります」

医者は嘘《うそ》をついていた。こんなことはまったく初めてだった。しかし、彼は驚きを外にあらわすような人物ではなかった。

「こうした現象は」と、彼は続けた。「いやむしろこうした副現象は長くは続かないでしょう。わたしの役目はこれで終わりました。われらが親愛なる劇作家はご逝去されました、まさにご逝去されたのであります……」（この最後の言葉だけが、他から離れて、宙にとどまっていた。医者は見かけ以上に動転していたので、彼の考えは本来の表現に至る途中でとまってしまい、言い過ぎると同時に言い足りなかった）

そして、作者の額の中央には、一本の皺があって、親愛の手がそれを伸ばしてもすぐにまた刻まれるのだった。こんなふうに彼が苦しんでいるのを見るのはたいそうつらいことだった。すべての生きている者たちの考えでは、それにおそらくすべての死んだ者たちの考えでもあっただろうが、この男はいまこそ休息——大罪を犯した者たちでさえ罪があがなわれるときには手に入れるあの休息——の権利を手にしたというのに。

真夜中、妻はまだ生きている者の息をひそめて、夫の額に近づき、低い声で何度か呼んでみた。

「聞こえているのかしら」と、彼女は思った。「この人はまだわたしたちのそばにいるのかしら、それとももうわたしたちのもとを離れて、人間のあわれな身体が全身でつくり出すあの恐ろしい毒や、得体の知れない凶器のほうへ行ってしまったのかしら」

突然、彼女は彼が話すのを耳にした。それは冷たい大地にうがたれた穴のように、うつろな、人のものとも思えないほどうつろな声だった。

「客席にはもうマネキンはいらない、ひとつもいらないよ。いいかい？　彼らがどんな様子なのか、わかっているじゃないか？」

実際、作者自身が、一階席の偽の観客のひとりのように脚を折りまげていて、その目は前方の一点、すなわち見えない舞台をあらんかぎりの注意を集中させて見据えていた。

妻は、全力をつくして彼を落ち着かせようとして、こう言った。

「ねえ、あなた、静かに眠りなさいな。この三日間、マネキンは劇場の地下から外に出なかったわ」

そのとおりだった。もう芝居の上演は打ち切られていた。死ぬ前にそれを理解するのに充分なだけの力が、作者には残っていた。たちまち、安心した額から熱がひいて、脚のほうもようやく素直にのばして、死のくつろぎを受け入れる決心をした。

友人たちが待機していた隣の部屋へと、作家の妻は、神経質な震える微笑をうかべて入っていった。

ひとことも言えず、彼女はすぐに壁のほうを向いて、あふれ出てきた涙を隠した。そのあいだに、作者の友人たちは、まだ事情がよくつかめないまま、作者の眠っている寝室へと忍び足で侵入した。

再会した妻

シュマンは黒いあごひげのある小柄な男だったが、毎晩、寝る前に自分の靴を念入りに磨いておくので、次の日には手を汚さずどこへでも行くことができると考えて、満足して眠りについた。

彼は十五歳も若い妻をたいそう誇らしく思っていた。その彼の目に映じた妻は、ひとつ欠点を持つだけだったが、しかしそれがひどく彼を苦しめた。彼女は、その場にふさわしくない考えも胸にしまっておくことができず、唾《つば》を飛ばすように吐き出してしまうのだった。そのあと彼女は、今言ったことに大して意味はないと思わせるために笑ったが、しかし笑ったからといって消してしまえるものだろうか？

それでも彼は、充分幸福だった、ある夏の日に彼女がこう言うまでは。

「ポール、あなたの鼻は年々大きくなるわね」

彼は何も答えなかった。何か胸につかえるものがあるときにはいつもそうだった。けれども、次の日、予告もせずに、彼は漁船に乗って、イギリスへと

出発した。妻に戒めをあたえようとしたのだが、結局は自分が苦しむことになった。彼は遭難したのだから。

〈天国〉に着くと、願い事をするよう求められて、彼は急いでこう言った。

「小さな鼻がほしいものです。あとのことはどうでもいいですから」

いくつかの見本が出された。そこから、彼は、ひとつ、小さいけれども、目のように表情豊かな鼻を選んだ。

「あまりきれいなのを選ばないほうがいいですよ」と、鼻の係が言った。この男は生前は帽子屋で、何が似合うかをよく知っていた。

「ああ！　これならとても似合いそうです……」

ときどき、ポール・シュマンは、手を鼻へと持っていくのだった。それに触れることはなんと気持ちのいいことだっただろうか。それはほんとうに鼻の傑作だった。ただ残念なことに、天上の灰色の街路では、どうしても目立ってしまうのだった。陽の射さない日に、明るすぎる色の帽子がそうであるように。

次の日、彼はふたたび、たくさんの鼻を用意している男のところへいった。

「あなたが言われたとおりですね」と、彼は男に言った。「もっと地味なものにしたいと思います」

「あなたがそれを選ばれたときには、口をはさみたくなかったのです。ここでは、だれも他人に強制はしませんから。でも、わたしには、あなたに必要なものがわかっています」

彼は、大きくなり始める前のシュマンの鼻とそっくりのものを取りにいった。

「この鼻なら」と、係の男は言った。「困ることはないでしょう」

出ていきながら、シュマンは、いまこの鼻をつけた姿を妻に見せてやらなくてはならないと思った。

この不幸な男は、〈天国〉で妻に会うことができると信じていたのだ。やってきたばかりの死者がよくおかす間違いである。彼らはみんな、死ぬときに記憶に打撃を受けて、その結果、さきほど別れてきた人々にまだ会うことができると思い込んでいるのだった。そこで、あらゆる手立てを用いて、彼らに教えてやる必要があった、あの人はまだ生きているんです、あの人もそうです、実際には知人、友人全部のうちで、死者なのはほとんどあなただけなんですよ、と。

シュマンはあたりを見まわした。天上のこの一画には、天使の一片の羽も見られなかった。神や聖者たちは言うまでもなかった。むかしは聖者たちもいたのだと言い張る者もあったが、しかしだれもその記憶を持っていなかった。神の単なる小休止なのだろうか？　神は、ひそかに、大規模な攻撃を準備しているのだろうか？　人々はそのことを疑いはじめていたが、それでも天国にはまだ超自然的な力の痕跡《こんせき》が残っていて、死者たちはそれを利用していたのだ。こうして、だれもが自分の環境を選ぶことができた。そして人がどこへいこうとも、この環境はそのあとについていくことを自分の義務と心得ていた。これは隣人が自分の好きな環境の中にいるのを邪魔することはなかった。あなたが草の上に寝そべって充分暖まっている一方で、肘をふれあっている隣の男は、真夜中に、シベリアの雪原を橇《そり》でかけまわることもできるのだ。

そのほかにも、いろいろと都合のよいことがあるのが、次第にわかってきた。ある日、シュマンは、目の前に、まるでスクリーンに映るように、自分の過去の一部が映写されているのに気づいた。過ぎ去った生活のあれこれの場面をふたたび見るためには、すこし力をこめて、そのことを思念するだけでよかった。これが、仲間たちが話していた記憶の映画館だったのだ。

シュマンのスクリーンは、その日、彼が死ぬきっかけになった遭難の場面を映しだしていた。その光景がくっきりと鮮明で納得のいくものだったから、彼は何人かの仲間にもそれを見にくるようにと誘った。それは、〈天国〉の閑人《ひまじん》たちのあいだで普通に交わされる礼儀であり、働いて生活費をかせぐ必要のないこの世界での数少ない気晴らしのひとつだった。

遭難の場面に立ち合うのはいつも感動をもたらした。しかも、自分がその主人公であり、嵐の中で必死に闘っている姿を見るときにはなおさらだった。そのときまで彼は、自分に死がもたらされたのは、正確にはどのようにしてなのかと思っていた。それがいま、細部にいたるまではっきりと見えるのだった。彼は間違いなく、いまわしい漁船の上で、少年水夫を救うために命を落としたのだ。そして、彼のそばでは、観客たちが拍手を始めた。人々は彼の英雄的な死を祝福した。ああ！ そうだ、ほんとうに、妻は彼の真の姿がいかなるものか知らなかったのだ。

こうして、記憶がその秘密を明らかにするのだった。それは半ば無意識といえるような状態ではたらくように感じられた。すっかり忘れたと思っていた多くのことが、現実の生そのものの新鮮さと輝きをともなって映写されるのだった。しかし、人々が知人を招くのは、重要なそしてあらかじめ検閲を受けた映写にかぎられていた。充分慎重にする必要があった。まるで予想もしていなかったときに、内密の事件が現われることがあったから、よく言われるように、汚れた下着は身内で洗うほうがよいのだ。その上、各人の人生には、くり返しやたくさんの冗漫な事柄があったから、記憶のはたらきを早めるため、たえず額の真ん中を人差し指で押さえなくてはならなかったが、そうした仕草は、たとえ親しい友人の前でさえ、見苦しいものだった。

シュマンは証人の立ち会いなしで、映写を見ることにした。たとえ他人のなぐさめが必要だと感じられても、それを求めはしなかった。はじめのうち、彼は妻の姿をふたたび見るのを避けていた。まだ彼女を恨みに思っていたのである。その姿が現われるとすぐ、彼は額の真ん中を押して記憶を早め、たとえば、生徒たちの中で授業をしているときの自分の姿や、学校の同僚とトランプに興じている自分の姿を見るほうを好んだ。しかし、ほんとうに彼が関心を抱いているのはただ一つのことだったから、彼はある日、自分の人生において妻がはたした真の役割を発見することに専念しようと決意した。

確かに、妻の顔は映像向きだった。これほど美しい彼女を見るのは初めてだった。痩《や》せっぽちの彼と比べて、申し分のないみごとな肉付きだった。そして、朝から実にはつらつとしていた。多くの女たちが夜から抜け出して自分を取りもどすために長い時間をかけるのに、彼女はといえば、たちどころに目覚めるのだった。

なるほど、彼らは家政婦をやとってさえいなかった。彼はようやく今そのことに気がついたのだ。今こそ、妻の苦労を思いやるべきだった。毎日、洗濯をし、アイロンをかけ、ブラシをかけ、温め、煮たきをし、また冷やし……辞書のほとんどすべての動詞が必要なくらい……そして、彼が新しい背広を着た日、彼にさし向けられた聡明《そうめい》なやさしさに満ちたあのまなざし。それはまた彼の最後の服でもあって、遭難のあいだびしょびしょに濡《ぬ》れる運命にあったのだ。

クローズ・アップして見ると、ことさらのように、妻が彼に示す格別のやさしさがいつも際立つのだった。たとえば、骨と脂身を自分にとっておいて、最上の切り身を彼にあたえてくれるとき、あるいは衣服代として彼女に渡したものをガス代にまわして使うとき。

ああ！　どうして家を飛び出したりしたんだろうか。それも、遭難するためにだなんて！　当然の報いだったのだ。馬鹿なことだ。そして今では、死者のつつましい生活に甘んずるよりほかなかった。

ときおり、シュマンはわれにもあらず、〈新参者の広場〉をさまよい歩き、妻がやってくるのが見えないかと期待した。しかし、突然、「いや、だめだ、だめだ」と考えて、大急ぎでその場を離れた。「世界でいちばん愛している者の死を願うことなんかできはしない」

〈天国〉のすみずみまで、悲痛なまでの沈黙に満たされているのが感じられた。ひとつの叫び声も聞かれなかったが、ただ空の小さな輪の中だけは別だった。それは〈完全なこだまの広場〉だった。そこでは、数世紀もかかって地上から立ち昇ってきた叫び声、すなわち何か大事件のために集まった群衆の叫び声、戦いの雄叫び、休み時間の子供たちの歓声が、手に取るようにはっきりと聞こえてきた。

その頃、サラミスの海戦のこだまがたいへん話題になった。少なくとも天文学者と音響技師の計算を信じるならば、二千年の旅を経てそのこだまはようやく〈こだまの広場〉に到着しようとしていた。アテネとペルシアの将軍たちは、みんなにあまり遠くへ行かないように勧告した。

実際、とつぜん広場に数知れぬ叫び声がひびきわたり、海戦のさまざまな挿話が驚くべき現実味を帯びてよみがえった。腹を立てないと誓ったにもかかわらず、戦いに参加した大指揮官たちは、たがいに罵《ののし》りあわずにはいられなかったので、あらゆる時代のギリシア文化研究者たちの咎《とが》めるようなまなざしを浴びた。

シュマンは、こうした時代錯誤な現実のなかで生きることに苛立って、自分の不機嫌を隠さなかった。

「ああ！　二千年も前のこの騒々しい連中など、ぼくにはどうでもいいことだ」と、彼は再会した仲間のひとりに言った。「ぼくはギリシアの歴史に興味を抱いたことなんかないのに、将軍たちときたら、力ずくでそれを体験させようとするんだから。ぼくが聞きたいのは妻の声なんだ」

せめて、妻に会うことができたなら！

「シュマンよ、もう妻のことを考えるのはよせ」と、内部の声が彼に言った。「無理を言ってはいけない。おまえは教師だったから、分別をわきまえることを学んだはずじゃないか」

ところで、ある日のこと、彼はおびただしい望遠鏡が置かれている広場にやってきた。それはたいへん印象的な光景だった。それほど多くの死者が天文学に関心を持っていることにいささか驚いて、彼は群衆の中に加わった。その広場の観測者には、あらゆる年齢層の人が見られた。〈天国〉の子供たちにとって、丹精こめてつくられた望遠鏡の向こうに、地上の子供たちが石蹴《け》りをして遊んでいる様子を見ること以上に楽しいことはなかった。

父親は自分の娘の動静をうかがい、ひとりの娘は男友達を探し、別の娘は学校の仲間を探していた。だれもが、望遠鏡をのぞいて、建物の出口をうかがっていた。六階建ての建物、工場、仕事場、田舎の家。そして、だれもが、何かが起りつつある古い地球に目をこらしていた。というのは、〈天国〉では、みんながもう死を恐れなくなった今では、重大なことは何も起るはずがないと思われたからである。大胆、忍耐、想像力、意志、恋愛でさえも、すべてがもう意味を失っていた。人々は、解決済みの問題を前にしているかのように、おたがいに向き合っていた。ところが一方、地球上では、息を引き取るまで、つねに未知のことが待ちうけているのだ。

このかつての伍長《ごちょう》は、地球を見たいと言った。

「地球だけですか?」と、望遠鏡の番人によく見られる皮肉っぽい様子で男が言った。

「あそこに残してきた者をもう一度見たいんです」

「たぶん、あんたの奥さんですね」と、男は相変わらずほほ笑みながら言った。

「それは禁じられていないはずだが……」

「ああ！　あんたに命令するわけじゃないけれど、やめたほうがいいね。地上に残してきた者たちの態度には、いつも不快な思いをさせられるところがあるもんだよ。彼らが通りを横断するとき車にひかれないよう必要以上に注意したり、わしらが好きだった料理をまた味わったりするとき、いつだってそうさ」

「ぼくは不幸になってもかまわないんだ、それが避けられないというなら。――きっとぼくは目を奪われてしまうだろう」

「まあ、そんなに怒らないで」

彼は望遠鏡を一定の方向に向けて、いくつかのクランクハンドルを回した。

「パリのどのあたりを見たいんだね」

「できれば、カネット通りを」と、シュマンは穏やかな口調になって言った。

「ここじゃなんでもできますよ、丁寧に頼みさえすればね」

ああ！　そこに見えるのは生活だった、生者たちがいとなむほんとうの生活だった。もうずいぶんと酷使した自分の足で、往来している男たちや女たち。カネット通りがなんと混雑していることだろう！　それに、あの大勢の主婦たちや、あの何台もの八百屋の車といったら！　彼は、二七番地の建物の出口を見つめて、妻が出てくるのをうかがった。下界では九時だから、そろそろ彼女が買物に出かけるはずだった。

不意に、彼女の姿が見えた。黒い服、それも真っ黒の服を着て、装飾品はまったく身につけていなかった。

「ぼくのせいなんだ！　新聞が遭難者の名前を載せたにちがいない」と、シュマンは考えた。誇らしく思って、望遠鏡をのぞきながら、身体をこわばらせた。「彼女にさよならもいわずに家を出たんだ！」

彼は飽かずに妻を眺め続けていた。なんて彼女はみずみずしく、きれいなんだろう！　あふれんばかりの活力に満ちている。地上ではすべてが、なんと光り輝いていることだろうか！　それなのに、自殺する人がいるなんて。

彼には、地球上のすべてが愛されるにふさわしいように思えた。どんな小さな木切れでも注意深く見つめられるに値し、どんな小さな虫けらも関心をひき、どんな小石も洗ってもらう値打ちがあった。

はじめのうち、シュマンは、パリを探しだすのにいつも番人を必要とした。今では、ひとりでパリを見つけることができただろうが、あいにくと、フランスは大雨だった。何日ものあいだ、視界は〈ゼロ〉だった。

「それじゃあ、ここでは雨はまったく降らないのかい？」と、かつての教師は番人にたずねた。

「ごらんのとおりです」

「でも、しまいには単調に感じられるのでは？」

「わしは風景を見せるためにここにいるので、だれかを、あるいは何かを批判するためにいるんじゃありません」

時間潰しのため、シュマンは、いく人かの仲間といっしょに、晴れている国々の地理を復習した。

「ほら、あれが太平洋だ」と、ある日彼は言った。「見たまえ」

「太平洋だって、あれが！　太平洋なら、ぼくは知っているよ。ぼくはトンキンで教師をしていたんだよ。君がいま見せているのは、あれは大西洋さ。波の長さでそれがわかるんだよ」

しかし、番人は、彼らにオデッサ〔黒海に臨む都市〕を指し示して、ふたりとも間違っていることを証明した。

あるいはまた、彼らはあれこれの町の名前について議論するのだった。

「あれはきっと郡庁のある町だよ。ええっと、名前は舌の先まで出かかっているんだが」

「望遠鏡は長いあいだ使ってもいいのですか？」

「どうぞ、いくらでも好きなだけ」と、番人は言った。

ときどき、望遠鏡を前にしての地理の勉強や議論に飽きると、ふたりの教師は、ふと気づくと、将来の計画を立てたり、毎日やってくる新来者たちの群れの中に昔の同僚を探したりしているのだった。知人を探しあうことは、天国における最大の気晴らしだった。ここに来ると、以前はあまり関心を持てなかった人々でさえも、お互いを探しはじめ、ついにはなくてはならない友人となるのだった。ようするに、友情のきずなを結ぶためなら、どんな口実でも良かったのである。

同業者が集まるのと同様、腸チフス、癌など同じ病気の犠牲者同士も集まった。シュマンは自殺したのだという噂が流れると、「自殺者友好会」への勧誘に来る者があった。それで、真実をはっきり示すために、彼はパリ遭難者協会に登録してもらうことを決心し、その記章をつけて、ほかの協会の勧誘員を近づけないようにした。

一度ならず、記憶の映写のなかで過去を見ているうちに、シュマンはむかしの生活を訂正し、あれこれを改変したいと思うようになった。どうして、彼は小学校の教師に甘んじていたのだろう？　妻にもっといい暮らしをさせてやるべきではなかっただろうか？　もっと目標を高くかかげるべきではなかったか？　あちこちで著名な死者に出会うたびに、彼はそう自問するのだった。たとえば、リシュリュー、ガリレオ、クリストファー・コロンブス、ロスチャイルド家の創始者たち、ブシコー氏、五人あるいは六人と見られるホメロスなど。これらすべての人物は永遠の名を持つ〈ひとかどの人物〉であり、数多くの信奉者に伴われていた。偉大な人物が立ち止まると、彼らも停まって、そのまわりに野営し、あるいは夜を過ごす体勢をととのえるのだった。故人となった著名人や、あるいはその供の者にまつわりつくことは、多くの者にとって〈生きがい〉であったのだ。こうして、多くの人影がラヴァイアック〔アンリ四世の暗殺者〕の後ろにつき従っているのが見られた。そのラヴァイアックがまた、心得顔の微笑をかすかに浮かべて、アンリ四世のお供をしていたが、それはただ歴史上の事実に従っているだけで、他意はなかった。

　ようやく、フランスの天候が回復したので、シュマンはちょうどパン屋から出てきた妻の姿を見ることができた、何百万里もの遠くからではあったが。するとほら、彼女は八百屋の小さな荷車の上のトマトを選んでいるところだ。

「おや、どうして左のやつを選ばないんだろう、いちばんきれいなのに。そこだよ、左だって言っているのに！　ああ、遠すぎる」と彼は、苦々しく思った。「小さな助言をあたえてやることさえできないなんて！」

死者となって、もうこの望遠鏡を通してしか妻の姿を見られない今になって、彼は、生きていたあいだ妻に肝心なことは何一つ話さなかったということに気づくのだった。彼女が自分にとってどのような妻であったか、またありえたか、それに彼が彼女に対してどのような夫でありたいと思っていたか。エリーズと一緒に〈日々の生活〉という同じ仕事に参加するだけで、彼は満足していたのだった。

あるとき、妻が花屋に入るところを見つけたことがあった。彼女は花束を手にして、バスに乗った。それから、彼はバスの後部立ち席で彼女を見失った。ようやく、ペール・ラシェーズ墓地でバスを降りる妻の姿を見いだした。夫の墓前に花を捧げに行くところだった。「エリーズ、なんという心遣いだろう」とシュマンは思って、それから番人に向かってこう言った。

「でもどうして、きょうは、ペール・ラシェーズにこんなに人が多いんだろう」

「きょうは、死者の日ですよ」

「そうだったのか！」と、失望してシュマンは言った。「やめてほしいね、われわれ死者をひとかたまりにして思い出すというのは」

「良いことは素直に受け取らなくちゃね」と、番人が言った。「うれしいのに不平をいうことはないですよ」

ときどき、何時間ものあいだ、彼は望遠鏡を、妻の家の出口に向けたままだった。ああ！、彼は知っていた、あの玄関を。彼は知っていた、あの二七番地の建物の正面を。これほど熱心に見つめたことは一度もなかった！

しかし、双眼鏡の向こうではすべてが沈黙していた。工場も、自動車も、人々のおしゃべりも、遊んでいる子供たちも、小鳥の陽気なさえずりも、ロンシャン競馬場の大レースも沈黙していた。

「相変わらず浮かない顔ですね、地上がすっかり晴れたというのに！」と、ある日、双眼鏡をのぞいて悲しんでいる彼を見て、番人が言った。「あなたは苦しむためにここにいるんじゃない。少しは楽しんでみたらどうですか？ やれやれ！ あなたの周りを見てごらんなさい」

「ここのことに関心を持つ時間は、あとでたっぷりあるだろう。とにかく、ぼくは妻に会いたいんだ！」

「あなたがそんなに聞き分けがないなら、たいへん残念だが、もう今後はわたしの器械をのぞくのはおことわりですね」

シュマンはその場を離れた、次の日には別の番人に声をかけようとかたく決心して。

彼はバルコニーにいる妻の姿をふたたび見た。彼女は手帖を手にしていた。それはいつも思いついたことを書き留めておく手帖で、それまでは用心して夫に隠してきたものだった。

下界では、五月の半ばだった。ページの上では、太陽の光がやさしくほほ笑んでいた。シュマンは、夫をなくした妻の肩ごしに、手帖の中身をすっかり読んだ。

七月二十日――きょうはポールが物思いにふけっているようだった。あの人の心は高いところにある。しばしば、あたしにはとても手の届かない世界を空想している。

「そうじゃないんだ」と、シュマンは思った。「ぼくは空想などしていなかった」

七月二十五日――彼はきょうもまたふくれっつらをした。どう相手をしていいのやら。

「でも、君はみごとに相手をつとめてくれたよ。かわいそうに。ぼくのほうが、君を理解してやれなかったんだ！」

八月三日——ああ！　どうしよう。なぜ、あの人はイギリスへ出発してしまったんだろう。行ってきますとも言わないで。

八月五日——ポール、あなたを許すわ。あたしは、あなたのいる高みまで行くことができなかったの。

「ああ、君は思い違いをしている」と、望遠鏡をのぞきながらシュマンは叫んだ、いやむしろ、力の限りつぶやいた（天国ではだれもが声を失っていた）。

「ぼくは君だけを愛していたのに」

八月六日——管理人と近所の人たちがやってきて、夕刊を見せてくれた。ポールが遭難したなんて！

八月七日——行方不明者の名簿の中に、ジネット・リュシアンとかいう人の名前がのっている。おそらく、彼女といっしょに、わたしのかわいそうなポールは……。

「そうじゃないんだ。ああ！　だれが彼女の思い違いを訂正してやれるだろうか？　なんて悲しいことだ、おたがいこんなに遠く離れているのは！　でも、ぼくには君の姿が見える、エリーズ、見えてるんだ。略式の喪服を着た彼女はなんてきれいなんだろう！

ああ、よかった、すっかりあのベールを脱いでくれた。かぶっているのが長すぎたものな。さあ、生きるんだよ、愛しいおまえ、じっとしてないで行動し、食べたり、見つめたり、それからもし気がまぎれるなら、恋をするがいい！」

日々が過ぎた。地上でならおそらくそれを一週間と呼んだだろうが。

シュマンはひとりの望遠鏡の番人と親しくなったが、その男は、彼らの死人仲間のひとりが地上にもどることに成功したと教えてくれた。

この番人の言うことは信用できそうだった。ずいぶん前から〈天国〉にいて、彼は袖や胸に、ボーイ・スカウトの曹長よりもたくさんの袖章や記章を付けていたから。

「あそこにもどる手立てはあるんです。だがね、たいていの者はあきらめますよ、その条件を知ったら」

「ぼくは行きたいんだ、どんな犠牲を払ってもいいから」と、シュマンは言った。ひどく興奮して、自分の胸の中で生きた心臓の鼓動がふたたび聞こえるように思った。

「よろしい、望遠鏡の広場を出て、左に見える大通り、つまり〈明敏な者たちの道〉と呼ばれている通りをたどればいいんです……まっすぐにそれを歩いていく、膝《ひざ》が疲れて立たなくなるまで。そこで、右に曲がる。するとすぐに、あなたの疲れは消えてしまうでしょう。それは正しい道を進んでいる証拠です。またまっすぐに歩き続けるんです、膝ががまんできなくなるまでね。それから曲がる、今度は左へ。いいですか。そのつぎは右へと。こんなふうにして何度か曲がるんです。それ以上は言うことができない。それに、これは志願者の精神力と忍耐力を知るのに欠かせない試練なんです」

「信用してください」と、思わず姿勢をただして、かつての伍長は言った。「ぼくはいいかげんな男じゃないですから」

「あなたはほんとうに」と、一瞬間をおいてから、番人は言った。「下界で生きることを承諾するのですか、いまより劣った境遇になっても?」

短い沈黙があった。そのあいだ、伍長は、その〈劣った境遇〉がどんなものなのかを説明してくれるのを待った。しかし番人のほうでは、相手がそれをたずねるのを待っていた。シュマンは質問するには誇りを持ちすぎていたし、相手はうやうやしく質問される前に答えるには自信を持ちすぎていた。

「すべてを受け入れます」と、とうとうシュマンが言った。

「よろしい。では、わたしの指示に従いなさい。すべての指示にですよ、いいかね」と、番人は言ったが、舌の先まで出かかった情報をけっきょく教えられなかったことで、いささか苛立《いらだ》っていた。

シュマンは、気をつけの姿勢をとったまま、番人に敬意をあらわした。番人も軍人のような姿勢をとって返礼した。天国では人々はすべてから遠かった。とりわけ地上でこっけいと思われているものから遠かったので、シュマンが不安な冒険に出発しようとするこの瞬間、軍帽もかぶっていないこの二つの亡霊が兵士よろしくあいさつしている様子も、ごく自然なことに思われた。

生きた魂にけっして出会うはずのない道へとこうして進んで行くことは、たいそう勇気のいることだった。いくつかの区域や広場から外へは、だれも出たことはなかった。霊魂たちは、たとえ無神論者であっても、あたりにただよう無限の神秘の気配を畏《おそ》れて、きわめて慎重にまた用心深くなっていたのだ。

相変わらず雲もなく、昼も夜もない空の下をシュマンはひとりで進んで行った。とても青白く大きな星々に満たされたたそがれのなかに、空はその決定的な光と素材を見いだしたように思われた。このあたりの静寂は、旅人が自分の頭の中のどんな小さな思念も聞き取ってしまうほどであり、それはたいそう不快なものだった。シュマンはすでに相当長いあいだ歩いたのに、まだ疲労を感じなかったので、しまいには心配になってきた。がそのとき、とつぜん、彼は倒れるかと思うほどの痛みを両膝に感じた。彼は右に曲がった。するとすぐに楽になった。たしかに、番人があたえてくれた情報は〈第一級の〉ものだった。

彼はいまでは、ごく狭い路を歩いていた。それは、めまいのするような高さと深さとのあいだで、夜の中腹をたどる路だった。彼のまわりには、まぎれもない空の岩や、無言の雪崩《なだれ》が見られた。

とつぜん、彼は巨大な真空の穴に落ちた。〈永遠〉の狭い窪みの中を、底無しの深淵《しんえん》へと転がり落ちていくかと思われた。茫然として転落しつづけながらも、シュマンは何度か繰り返して自分に言いきかせた。

「妻に会って、説明しなくてはいけないんだ……」

当惑したまま、事情を知りすぎているか、あるいは充分には知らない人間のように彼はどうにか前へと進んだ。

星々はさらに大きくなり始め、ついには縁がぎざぎざの満月ほどに成長した。いまでは、星から星へと移動する光のさまざまな滑車でできた天の舞台仕掛が、ごく近くから見えるのだった。

十一回右へそして左へと曲がったあと、とうとう彼は大きな広場で幾匹かの動物に出会った。〈天国〉ではどこへ行っても、それまで犬も、猫も、てんとう虫でさえも見たことがなかったのに、ここでは、囲いのない広大な動物園の中にいるように、あらゆる種類のけものが彼に近づいてきて、親しげに匂いをかぐのだった。それでもかなり尊大な態度で二度跳躍して、トラが、つづいてゾウがシュマンの頭を跳び越した。それからもどってくると、ぼんやりと余所《よそ》を見ながら彼に体をこすりつけて、どんな危害も加えるつもりがないことを示した。

それでも、けものたちはかなり奇妙な目付きで彼を見ていた。それは、明らかに、彼と同様、きわめて身の軽い、肉体から離脱した生きものたちだった。しかし、この軽さが、彼らの存在になにかしら特別に不安な気配を付け加えるように思えた。

とうとう、シュマンは〈忠実な思い出〉と呼ばれる場所に着いた。それは完全な円形の広場で、周囲にぐるりと窓口があって、そこには「猫、鳥、ゾウ、イタチ、犬、等々」、動物の名前が書き込まれていた。

この場所に足を踏み入れたとたん、彼は神経性の軽い身震いに襲われ、それを抑えることができなかった。

〈犬〉の窓口からやってきた男とすれ違い、彼はそのほうへと進んだ。窓口係の男は、シュマンがかつて地上で見た動物の毛を刈る男に似ていた……その男はまず、昔の教師を正面からまじまじと、魂の底まで見つめたあと、犬の色彩画を彼に提示した。プードル、ペキニーズ、老婦人の膝《ひざ》にのったパグ、鹿を追いかけるグレーハウンド、すでに忠実そうな子犬に取り巻かれたニューファンドランド犬のつがい、などが描かれていた。

こんなものを見せて、いったいどうしろというんだろう。どうして、こんな同族一覧を？

「もうご承知でしょうが」と、窓口の男は言った。「あなたを人間の姿で地上に送ることはできないのです。それではあまりにもかんたんですし、請願者がどっとここにつめかけてくるでしょう。そこで、あなたがどうしてもと言われるなら、これらのモデルから選んでいただきます」

シュマンは、後退《あとずさ》りすることを恥ずかしく思った。

「承知しました」と、亡霊としては可能なかぎり赤面して、彼は言った。それから、彼は、フォックス・テリアの絵を選んで窓口の男に差し出した。妻がその犬をたいそう好きだったのだ。

「それでは、この書類に必要事項を書き込んで、署名してください」と、くたびれた様子で男が言った。

用紙にはこう書かれていた。

「私は、…年…月…日のあいだ、…市において、（犬の種類を、はっきりした字で書きなさい）になることに同意します」

それから、大きな文字で。

「すべての危険については自分で責任をもちます」

シュマンは、線を引いて、年を消し、月を消し、日を消して、「できるかぎり長いあいだ」と書いた。それから、外人部隊に志願する男のように、決然とした態度で署名した。

窓口係の男と別れる前に、シュマンは自分の犬の冒険のことはだれにも話さないようにたのんだ。

「話すだって！」と、男は叫んだ。「それなら、〈内密担当者〉（変身についてのさまざまな仕事に従事している者たちはこう呼ばれていた）の秘密はどうなるんですか？　安心しなさい！　わたしたちは黙ろうと努める必要もないのです。おのずから黙るのです」

窓口のうしろでは、人間の手と猫の耳をした大きなニューファンドランド犬らしきものが、小さな低い扉を通って中に入るように合図した。そこで、ガラス壜《びん》とおぼしきものに入った気付け薬のようなものを彼に差し出した……。

彼は力強く息をして、くり返し自分に言いきかせた。「妻の姿をふたたび見るんだ、たとえ犬の目であっても」

たちまちシュマンは、パリの真っただ中の、カネット街を走っているのに気づいた。心臓の動悸《どうき》があまりに激しくて、立ち止まり、舌を垂らしたまま、歩道に身を伏せなくてはならなかった。ひさしぶりに見る太陽の光がまぶしくて、ゆっくりと目を閉じた。天上とはなんという違いだろう！

彼はまた四本足で歩きはじめた。自宅からほど近いなじみの理髪店の陳列窓に鏡があった。何度そこで自分の姿を見たことだろうか、授業に行く前に、身なりがきちんとしているかどうかを確かめるために。それがいま、彼はなんという姿なのだろう。年齢は三歳ぐらいだった。展示会用の犬ではなかったが、それでもまちがいなく見栄えのよい犬だった。

シュマンの家の管理人は、むかしのまま変わらず、二三番地の玄関に、編み物をしながら腰かけていた。彼には彼女の手をなめる勇気はなかっただろう、たとえうやうやしい態度でやったとしても。彼女がその場を離れるのを待って、彼は自分の家に戻ることにした。

生命に酔いしれて、彼はどこへ行ってよいかわからなかったし、この幸せをほんとうにどうしていいかもわからなかった。平静をよそおうために、眉をひそめながら不安げに走った。まるで気むずかしい主人が約束の時間に自分を待っているとでもいうように。

子供たちが彼を見て、石を投げつけた。彼らを噛《か》まなくてもいいようにと、彼は慈悲深い心でその場から逃げた。純白の長い尻尾は、真新しく、どこへ行ってもついてきて、尻尾を切られたパリのフォックス・テリア犬の中にあっては、いつも目立つのだった。

「でもどうして」と、彼は思った。「彼らはぼくを、こんなに危なっかしい付属物をつけて地上に寄こしたのだろう。天上で必要なことはしておくべきだった」

とある正門の陰に隠れて、彼は歯で、尻尾を根元から嚙み切った。苦痛というものをふたたび知ることは、とてもつらかった。それに流れ出た血で、あたりが汚れてしまった。霊魂というものはもっと清潔だ。とはいえ、彼は血の味が好きだった。無感覚な者たちが主張するように、それはぜんぜん無味などではなかった。

一日が過ぎたけれど、管理人はまだ玄関にいた。街灯の明かりがきらめき始めた。ますます身を隠さなくてはならなかった。昼間の警官よりもおっかない夜の警官が、すでにおそろしいフードをまとって、魂の抜けたような重々しい身体を見せていた。

シュマンは現在の自分の境遇について考えはじめた。

おそらく、パリには、彼のように、別の世界からやって来た足で歩いている犬が、ずいぶんといることだろう。しかし、どうして彼らを見分けることができるだろうか。地上に来ることを認めてもらうためには、他の動物たちと酷似した目立たない姿になって、自分の秘密はのどにつかえた若鳥の骨のように隠しておかなくてはならなかった。

シュマンの妻がとうとう姿を見せた。なんてきれいなんだろう、天国から見ていたときよりはるかにきれいだ！　心をときめかせて、彼は妻に突進した。彼女は彼を両腕にかかえると、秘密をうち明けるかのように胸におしあて、それから歩道におろした。それで終わりだった。

彼は妻のあとについていった。うしろ姿も、正面から見るのに劣らずみごとだった。彼女が一軒の店に入ると、彼は戸口でおとなしくしていた。出てくると、彼女は彼に気づかないふりをした。まなざしの力で、彼はこう言おうと努力した。「ねえ、君、ご主人さま。ぼくが愛したのは君だけなんだ」。彼は彼女のスカートを嚙んだ。

「まあ、分別のない子ねえ」

自分が分別そのものだということを、どうして彼女にわかってもらえるだろうか？

「飼ってもらうことはなんてむずかしいことだろう」と、新参者の犬である彼は、ためいきをついた。「行儀良くしていてもだめだ……しばらくだれかのあとについて行くと、愛撫してもらえる。耳をやさしくなでてくれるし、顔を抱いてごく間近から見つめてくれて、これで友達になれたと思う。ところが、ただの犬でしかないときには、鼻先で扉を閉められてしまうのだ、まるで敵だと気づいたかのように」

とつぜん、彼は思いだした。死ぬ前に彼が住んでいた家では、犬を飼うことが禁じられていたのだ。それでも、落胆することなく、彼は自分のむかしの住居へと走り、暴走した馬のような勢いで六階までかけ上がった。靴拭いの上でむかしの妻を待つ体勢をととのえたとき、彼は、彼女が近くへ買物に出かけるときには、鍵を取り出す手間をはぶくため扉を完全には閉めないことを思いだした。彼は中に入り、扉をうしろに押したが、不器用なため、すっかり扉を閉めてしまった。

「これも、ぼくだとわかってもらういい方法かもしれない」と、彼は考えた。

彼は食堂から台所へと、そこからさらにバルコニーへと走った。食器戸棚の上には、黒檀《こくたん》の額に入った伍長姿の自分の肖像写真と、その横に造花の三色すみれが飾ってあるのが見えた。それらすべてが、最上の効果をあげていた。

彼は自分の姿をながめて飽きることがなかったが、そのとき妻の足音が聞こえた。幸いなことに、それはむかしと変わらぬ足音だった。

彼女が管理人に扉を開けてくれたことの礼を言っているのが聞こえた。

台所へ入ると、若い妻は、犬が夫の肖像写真のガラスをしきりと嘗《な》めているのを見た。

「あら、この犬、知っているわ。どこでもついてくるのね」と、彼女は言って、両手で犬の頭を抱えた。「かわいそうに、あたしはおまえを追い出さなくてはならないのよ、そんなことおまえは思っても見ないのね。ああ、尻尾が傷だらけだわ！」

彼女は傷口をていねいに洗ってやった。

翌日、彼女は、彼に向かって悲しそうに扉を指し示した。彼はわからないふりをした。彼女はしつこくくり返した。彼も同様だった。ついに彼女は犬を飼うことにした。そして、外出のため管理人の部屋の前を通るときには、あらかじめ、買物袋の中に犬を隠した。

「あんたのママはしあわせよ、あんたをそばに置くことができて。だから、吠えちゃだめよ。わかっているでしょう、このマンションじゃ、自分が犬だなんて言うことは禁じられているのよ」

待遇は申し分なかった。けっきょくのところ、シュマンが不満だったのはただひとつ、まるで彼が磁器の置物の犬でしかないように、彼女が、すぐ目の前で着替えをすることだけだった。

ある晩、ひとりの男が部屋に入ってくる。背が高く、太った男で、まるで俗悪さが三つ揃いのスーツを着て、手に花を持ったという具合だ。

かつての教師は、どこかでその顔を見たことがあると思った。しばらくの間、彼は人間時代の記憶、それから犬時代の記憶を探ってみた。そして最後に、ひとりごとを言った。「そうだ、うちの出入りの肉屋だ！」

二人は、いまでは長椅子に腰かけていた。男はポケットからキャンデーの箱を取りだした。

「話をするより、キャンデーを食べるほうがずっとかんたんだ」と、もう肉屋から目を離さずに犬は思った。「しゃぶり、嚙み砕き、呑《の》み込み、そしてこれをくり返す。自分をよく見せるには、それだけで充分だ！」

男が、女の三倍ものキャンデーを食べたことは言うまでもない。なんて奇妙な贈り物のやり方なんだろう！

シュマンにはまさしく、男がその若い女の口に接吻《せっぷん》しているように思われた。そして、彼が自分の目が信じられないでいると、男は二度目の接吻をした。それは、最初のものよりずっと長くて、はっきりした証拠をあたえてくれた。

ごく自然な仕草で、満足そうに男は彼女の腰に手をまわした、まるでこの女の肉体がこれまでも彼のものであったかのように。

「やめて！」

「でも、いま始めたばかりだぜ。おれがあてもなしにわざわざやってきたと思っているのかい」

「あてもなしにだと」と、シュマンは思った。「なんてげす野郎だ！」

「あたしの部屋へ行きましょう」と、女が言った。「服を脱いだところを犬に見られたくないわ」

彼女みずから選んだその男は、動作が鈍く、赤ら顔で、自分の快楽のことしか考えていなかった。たとえさまざまな五十ものシュマンの肖像写真の前であっても、一列に並んだ彼のパイプや、勲章で飾られた伍長の上着や、彼の黒板や生徒たちが遊ぶ輪の前であったとしても、その男はシュマンの妻を抱いただろう！

「それにしても」と、シュマンは思った。「ぼくのむかしの仲間の中から、もっといい男を見つけることもできただろうに」

肉屋は二日後にもやってきた。彼らは夕食をともにした。会話ははずまなかった。二人は犬のことを考えた。

「この犬に、ものを取ってくることを教えるべきだよ」

男はエリーズの手袋を投げた。

犬は部屋の隅から離れようとはしなかった。

肉屋は腹を立てそうになったが、食卓のナプキンの上で寝入ってしまった。

女はフォックス・テリヤ犬を抱きかかえ、鼻と鼻を近づけて、間近から見つめた。すると、シュマンは、深く犬の性質を帯びてはいたが何かしら深い感情に動かされて、この女にやさしいまなざしを投げかけた。

真夜中近く、男と女は寝室に入った。

絶望して、かつての教師はほどなく食堂で眠り込んだ。「牡犬《おすいぬ》、牝犬《めすいぬ》、犬の仔《こ》」、さらにあのすべての悲しい罵言《ばげん》のことを彼は考えた。そこには、今ではだれの目にも彼を指し示す言葉が含まれているのだ。夢の中で、彼は長いあいだ悲痛な声で唸り始めた。食堂から聞こえてくるこの「うー、うー、うー」という唸り声に気づくのに、抱き合った二人にとっては、彼らの四つの耳のうち一つだけで充分だっただろう。犬を悪夢からひきずり出したのは、毛虫のような毛深いふくらはぎに片方だけ靴下留めをつけた下着姿の男だった。男はシュマンの首の皮をつかんで、古靴や箱や以前には彼のものだった小物が一杯つまった押入れの中へと投げ込んだ。

その日から、愛人――この美しい名前をやむをえず卑しい肉屋にあたえねばならなかった――は、犬を押入れに閉じ込めるのをつねとした。しかも、足蹴《あしげ》をくらわせて、急がせるのだった！　男は、かつての教師を、もう〈押入れ〉としか呼ばないようになった。そして機嫌のいいときには、〈押入れ半分〉と呼ぶのだった。

それにもかかわらず、昔の妻のそばで幸せな時間を過ごすこともあった。さもなければ、シュマンは、おそらく遠くへ去ってしまっていただろう。彼女がミシンで縫い物をするとき、この機械のやさしい物音や、彼が遠慮なく見とれていた小さな足の動き、それらが彼の犬としての孤独をなぐさめた。あるいはまた、エリーズのスカートにからまったきれいな白い糸、それを彼はこの世の奇蹟《きせき》のように見つめていた。

「悪い女だ」と、シュマンは考えた。「だが、おまえに再会する歓びのためには、ぼくは何事にもたじろがなかったんだ。ああ！　その歓《よろこ》び、それがこんなものだったとは！」

「でも、働かなくちゃいけないわ、そうでしょう」と、エリーズはよく言った。「それに、おまえにえさをあげなくちゃいけないし。もし空の皿を差し出したら、おまえはどんな顔をするでしょうね」

「それはほんとうだ」と、とつぜん恥ずかしくなってシュマンは思った。「彼女がぼくを養ってくれているのだ。ぼくが残り物しか食べないとはいっても、それでも何かが残るようにと、彼女はやりくりしなくてはならない」

彼は、羊の群れの番をする牧羊犬のことを考えた。彼らは自分で生計を立てている。パリ郊外の別荘の、いわゆる〈猛犬〉、つまり番犬のことも考えた。彼らもまた自分でかせいでいる。けれども、もぐりの犬であることを運命づけられている自分は、どうして暮らしを立てることを考えればいいのだろうか。えさをもらい、住まわせてもらう境遇を受け入れるしかなかったし、その返礼に感謝の濡《ぬ》れた舌を出すこと、それだけしかできなかった。

肉屋は、そのときまで犬を自分になつかせることができず、腹を立てていた。

ある日、彼は未亡人に言った。

「おれがこの籠《かご》に何を入れてきたかあててみたまえ。〈押入れ〉のやつにと、思ってね」

男は籠を開けた。なかには牝犬が入っていた。

「友達が飼っている牝犬さ」と、彼は言った。「わかるだろう、おれは考えたんだ、エゴイストであってはいけない、おれたちの〈押入れ〉の楽しみのことも少しは気遣ってやらなくてはね」

彼が籠をあけると牝犬が飛び出した。首にばら色のリボンを巻いて、愛のために着飾っていた。して誘いをかけてきた。実際、この犬はあらゆる手だてをつく
かつての伍長は何も気づかないふりをした。牝犬がしつこいので、彼はその腿《もも》を強く噛んでやった。

「ああ！　ひどいやつだ！」と、愛人は叫んだ。「おれの牝犬にけがをさせるなんて。おまえに行儀作法ってものを教えてやるからな。待っていろ！」

彼は、思いがけないほど深いポケットから鞭《むち》を取り出して、犬の背を打った。

未亡人は自分の犬を守った。

「また君はこの犬をかばうのか！　押入れに入るんだ、〈押入れ〉め！」

それから、愛人の腰に手をまわして、彼は寝室へ入った。

牝犬も小さな鈴の音をひびかせて、あとを追った。

「では、これが〈輪廻転生《りんねてんしょう》〉というものなんだ！」と、押入れの中で犬は考えた。このことばとけんかする日がくるなんて、以前には想像もできなかった！　ギリシア語起源のこの学術語のモデルになるのは名誉なことと思われていたのに。ああ！　自分の眺めている辞書の単語が、いつの日かそこから離れて、まるで地獄の名札のように自分にくっつくことがけっしてないと、いったいだれに言えるだろうか。それらの単語は、きわめて陰険なやり方であなたの人生の中にそっと入り込むのだ。シュマンは病気や、判例、科学、神秘学の用語のことを考えた。「人間たちはそれらのことばを使っているが」と、彼は思った。「ことばのほうでも人間たちにお返しをするのだ」

愛人は、中央市場へ行かなくてはならなかったので、籠に牝犬を入れて、朝早く出ていった。彼はまだ気分を害していた、まるで拒絶されたのが牝犬ではなく彼自身であるかのように。

その翌日、シュマンは外に出たかったのに、〈押入れ〉のほうは動こうとはしなかった。シュマンが反抗しても、〈押入れ〉はなおもびくともしなかった。エリーズが間近でくり返し言った。

「あたしをママと呼んでちょうだい。ねえ、あたしはいつもポールの子供を持つことを夢見ていたのよ」

彼が地上に降りてきたのは誤解を解くためなのに、ここにいるとますます誤解が大きくなるばかりだった。

「これでは狂犬病になるよ」と、シュマンは思った。この言い方は、たいていの場合、シュマンが毒づくときには効果的だったが、それが今では彼に取りついて、恐るべき意味を帯びた。

「ああ！　どうして地上に降りてきたんだろう」と、犬＝人間は考えた。「死んだ者たちは、ただ腐敗をあたえるだけだ。それが、彼らにできる唯一の贈り物なのだ」

数日前から、彼は妻に咬《か》みつきたくてしかたなかった。そう、ふくらはぎだ、彼女がさらけだして、犬歯と血を呼びもとめている白いふくらはぎだ。むかしそこを愛撫したから、彼はその部分をよく知っていた。この上もなくつややかだった。しかし、どうして肉屋のほうを咬まないのだろう？　卑怯《ひきょう》だからではなく、嫌悪をおぼえるからだ、自分の犬歯をこの男の卑しい肉に突き立てるなんて。

これは狂犬病の徴候だろうか？　むかし何かで読んだことを思いだした。この病気の特徴は、彼が体験したような一定期間の悲しみと、習慣の変化だった。習慣の変化には「たえず用心しなければならない」と、本には書かれていた。まさにそうだった。先日、彼は一切れの肉をテーブルの下へ持っていって、そこで食べたいと思わなかっただろうか？　押入れの中で、自分の靴に恨みがあったわけではないのに、その片方を半分引き裂いたばかりか、一部を食べたのではなかったか？

そうだ、彼の中で人間の要素と犬の要素が合体して、その恐るべき場所から生じた狂犬病なのだ。

「このごろ、あたしにあいさつしてくれなくなったわ。おまえはすっかり変わったわ」と、エリーズが言った。

「ああ！　どうして、そんな全幅の信頼をこめてぼくを見るんだ？　そんなことをしていると、今にひどいめにあうぞ。君がきょう縫っているスパンコールのブラウスは、ぼくの全身を身震いさせる。それがぼくの目の前できらめいている様子は、獰猛《どうもう》といってもいいくらいだ！　それなのに、君はなんと平静に仕事をしていることか！」

〈押入れ〉の歯のそれぞれが、命を得て勝手に動きはじめ、エリーズの身体の中の自分たちの分け前を要求した。もっとも強く吠《ほ》えたのは四本の犬歯だった。

ある日、すべての罪深い考えを遠ざけようと、彼は、初めて出会ったときのエリーズを清澄な雰囲気のなかに思い浮べようとした。こうして、自分の罠《わな》にかかって、彼女のほうへいき、無邪気にその手をなめようとしたとたん、彼の教師の記憶の底から聞こえてくる言葉があった。「なめるだけで、狂犬病になる」とつぜん、彼は戸棚の下に逃げた。自分の舌と死をもたらす唾液《だえき》を隠した。

「かわいそうに、おまえはいったいどうしたの？」と、彼女が言った。

「ぼくたちのあいだに交渉をもってはいけない」と、彼は心のうちで言った。「むしろほうきで身を守るんだ、急ぐんだ！」

彼女が愛情を示せば示すほど、犬はますます毒をふくんだよだれを垂らすようになった。よだれはいたるところにこぼれた。それを呑み込もうとしても無駄だった。あまりに多くて、全部を呑み込むことなどできなかった。

エリーズは〈押入れ〉を戸棚の下から引き出して、様子を調べ、獣医のところへ連れて行こうとした。そこから出そうと、全力をふりしぼって、杖でつついた。犬の抵抗は無駄だった。彼はエリーズの面前に姿を現わした。彼女はくり返して叫んだ。

「どうしたの？　いったいどうしたっていうの？」

とつぜん、犬は開いた窓から跳び出し、〈四階それとも三階？〉のバルコニーに接触する。それで落下の衝撃が緩和されたが、気がつくと彼はパリの舗石の上で、足をひきずり、血を流している。それでも、彼は急いで走る、まるで狂犬病がはかり知れない力をあたえてくれるかのように。今では、彼はむかし教えていた学校へと向かっている。何度も、黒板に絵を描いて、狂犬病にかかった犬に注意するよう生徒に言ったものだった。それが今、彼は狂犬病の特徴をすっかりそのまま備えている。そして、死ぬ前に、実物教育の見本として、ぜひとも教室に姿を見せたいと思うのだ。

とつぜん、どこへ行くのかを忘れて、彼は道がわからなくなってしまう。そのすきに、人間たちは彼を打つ。町中の人々が彼を追い回す。人々は鉄棒や石や舗石を彼に投げつけるが、彼の内部に残る教師気質にさまたげられて、だれでもみさかいなしに咬みつくことはない。

さんざん殴られて、彼は倒れる。血が流れ出るにつれて、狂犬病も彼から去っていく。

エリーズがやってくる。帽子もかぶらず、階段を大急ぎでかけ降りてきたのだ。あえぎながら、彼女は突進してきて、犬を腕に抱こうとする。

「離れなさい」と、警官が叫ぶ。「わからないのか、こいつは狂犬病だ」

「血を吐いているよ、人間みたいに」と、ひとりの老婆が言う。

エリーズは、その犬から離れようとはしない。犬は自分の意志とはかかわりなく、すでに目を閉じている。ほんとうに、彼は自分が死んでいくのを見ているのだろう、それも犬の、人間の、そして涙を浮かべて見ている妻の、それぞれが合体したはっきりした意識をもって。

天国の「クローク」と呼ばれている場所に自分の古着を返すと、すぐに彼は、もとの人間の姿を取りもどした。その鼻は、まさしく彼にぴったり、よく似合った鼻だった。

訳者あとがき

二十世紀前半フランスの詩人ジュール・シュペルヴィエルには、幻想的な趣をたたえた佳品というべき短篇集があり、堀口大學による紹介以来、わが国でも愛好されてきた。本書は、その一書である『ノアの方舟』(一九三八年)の新訳である。

新訳本をつくるにあたっては、今日の若い読者のために原作にはない改行、一行空きを入れて読みやすくすると同時に、浅生ハルミンさんにイラストをお願いして、いっそう読みやすい本づくりを心がけた。

訳者はかつて、シュペルヴィエルのもう一つの短篇集『沖の少女』(一九三一)の翻訳を上梓する機会をもったが、そのあとがきに次のように記したことがある。

「シュペルヴィエルの魅力を語るのはむずかしい。

雲のようにかろやかな魂に導かれて、天使の真似をして隔壁をとおりぬけ、この宇宙のなかにひとたび入り込むと、そこでどんな摩訶不思議な出来事に出会おうとも、すべてが自然なものに感じられてしまう。われわれもこの宇宙の希薄な空気を吸いこんで、そこの住民たちや動物たちと同様に、世界を分割しているさまざまな仕切りをきわめてやすやすと通過できるようになる。この宇宙では、生と死、動物と人間、現実と夢想、地上と天上が、たがいに呼びかけあい、こだましあい、交通可能なものとなる。

ここでは、オウィディウスの世界よりも自然に変身がおこなわれ、まるであらゆるものがたえず変身しようとその機をうかがっているかのようだ。

そしてこの宇宙の始原の神話のなかには、南米ウルグアイの大草原と大西洋の海原の記憶がよこたわり、シュペルヴィエル自身の病気がちの心臓が、この宇宙のすみずみに不安な血液をめぐらせている。

そのなかで、われわれは魅了されるがままの快感に身をゆだねたまま、そこから新たな自分の言葉を紡ぎだす欲求など感じはしない……」


シュペルヴィエルは、詩、長篇小説、短篇小説、戯曲、エッセイなど、さまざまなジャンルの作品に手を染めたが、プレイアッド叢書版の『シュペルヴィエル全詩集』を編集したミシェル・コロが指摘しているように、なかでも詩と幻想的コントこそが、彼の本領がもっともいかんなく発揮されているジャンルであるといえるだろう。コロは、シュペルヴィエルが詩と短篇において成功している理由を次のように説明している。

「詩における幻想的な論理は、同一性の原理を棚上げにして、相反するものを結び合わせるようにはたらくのである。シュペルヴィエルが、エッセイや長篇小説や戯曲など、対立するものを弁証法的に、力動的に、かつ劇的に展開するような領域においては、それほど成功していないのは、意味深いことと思われる。詩こそは、相矛盾するような懇願が平穏のうちに共存するようなエクリチュールの空間を提供するのである」

また、クロード・ロワは、「今日の詩人双書」の一冊として刊行されたシュペルヴィエル論において、この詩人の特質が物語性のなかにあるとしている。

「シュペルヴィエルの一篇の詩は、何よりも一つの語りである。それはきちんと整った物語であり、前口上や、始めと終わりがあって、空中を歩行するような、寓話作者的な、語り手的なものがある。つまり一つの調子であって、それを好きになれない人もあることはよくわかるが、私は魅了されてしまう」

訳者のように、研究対象としてもっぱら散文物語作品に慣れ親しんできて、必ずしも詩の熱心な読者でない者にとってさえ、シュペルヴィエルの詩作品が例外的に近づきやすく思われるのは、この物語性のゆえであるかもしれない。すなわち、シュペルヴィエルの詩は短篇物語の構成によってその骨組みを支えられ、逆に短篇物語は詩的幻想によってふくらみをあたえられている。こうして詩と短篇物語は限りなく近づくが、だが、そこにもちろん相違があるわけであり、詩人自身が、充分そのことに自覚的である。詩集『誕生』に付された「詩法を夢見て」と題された短文のなかで、シュペルヴィエルはこう述べている。

「物語作家の論理が詩人のとりめのない夢想を監視している。詩作品全体の統一性は、詩の魔法の効果をそこなうのではなく、その基盤を強固にするものである。そして、私のなかでは物語作家が詩人を監視していると言うとき、私はもちろん、この二つのジャンルの相違を見失っているわけではない。短篇物語はある一点から他の一点へとまっすぐに進んでいくのに対して、私がふだん考えている詩というのは同心円状に広がっていくものである」

ここに収められた「ノアの方舟」から「再会した妻」にいたるまでの七篇の作品について、訳者が個別に解説することはおそらくもう不要であるだろう。そこに見られる霊妙なまでの物語性の魅力と詩的幻想性の豊かさをあじわっていただければ幸いである。

ジュール・シュペルヴィエルは、一八八四年一月十六日、南米ウルグアイの首都モンテビデオに生まれた。この町は、すでに十九世紀に、ふたりの詩人、ロートレアモンとラフォルグを生み出した土地である。シュペルヴィエルの両親は、スペイン国境に近いフランスの町ポーを中心としたベアルヌ地方の出身者で、銀行を設立するためウルグアイにやってきたのだった。だが、シュペルヴィエルが生後八か月のとき、故郷に帰った両親は鉱毒汚染水のため急死し、以後二年間は祖母の手で育てられた。その後、ウルグアイの伯父のもとにもどり、七年間従兄たちと一緒に育てられ、幸せな子供時代を送った。

一八九四年、九歳のとき、叔父の一家がパリに移住すると、シュペルヴィエルもパリのジャンソン・ド・サーイ高等中学に入ることになる。「インクの染みのついた椅子」に腰掛けて、最初の詩を書いた。これは『昔の霧』と題して、一九〇〇年に出版され、伝統的な手法のなかに、失われた両親や虐げられた人々への共感といった、すでにシュペルヴィエル独自の主題があつかわれている。その後いくつかの詩集を発表するが、そこに登場する南米の大草原やさまざまな動物たちがシュペルヴィエルの宇宙を形成することになる。

第一次大戦後は、パリのランヌ通りに居をかまえ、四年ごとにウルグアイに帰るという生活を続けた。一九一九年の詩集『悲しいユーモア』が注目されて、ジッドとヴァレリーから手紙をもらい、以後は有力な雑誌「NRF」に迎え入れられた。一九二三年には、最初の幻想的な物語『大草原の男』を書き、以後、詩を中心にして、小説、戯曲の分野においても活動が続けられた。

四十歳のときに書いた詩集『引力』（一九二五）で、みずからの独創性を確立したあと、『無実の囚人』（一九三〇）『未知の友』（一九三四）『世界の寓話』（一九三八）などの、彼の代表作となる詩集をつぎつぎと発表した。また散文作品としては、小説『人さらい』（一九二六）、戯曲『森の美女』（一九三二）などがある。

一九三九年ウルグアイにもどったところで、第二次大戦が勃発し、四六年まで七年のあいだ同地にとどまった。この間に書かれた詩は『一九三九―一九四五』（一九四五）にまとめられている。フランスに帰国してからは、病気がちの心臓と肺をかかえながらも創造力は衰えず、詩集としては『忘れがちの記憶』（一九四九）『誕生』（一九五一）『階段』（一九五六）、戯曲としては『ロバンソン』（一九四八）『シェエラザード』（一九四九）、小説としては『日曜日の青年』（一九五二）などを発表した。

一九六〇年、ポール・フォールの後を継いで〈詩王〉に選ばれたが、五月十七日、パリのルイ・ブレリオ河岸十五番地で、七六歳の生涯を閉じた。

詩人シュペルヴィエルが書き残した短篇小説集としては、『沖の少女』（一九三一）『ノアの方舟』（一九三八）のほかに、さらにはその後部分的に発表された短篇を集めた『宇宙の初めの歩み』（一九五〇）がある。かつて『沖の少女』を訳したときに下訳だけをすませていた『ノアの方舟』であるが、その草稿が筐底から蘇って、こうして論創社のファンタジー・コレクションの一冊として刊行されるにいたったのは、シュペルヴィエルに惹かれ続けてきた者にとって、たいへんうれしいことである。このコレクションからは、今後、『沖の少女』も改訳して出版される予定であり、さらには他のシュペルヴィエルの散文物語作品の新たな翻訳紹介ができればと願っている。

二〇〇六年一月

三野博司

シュペルヴィエル

1884-1960　詩人。南米ウルグアイ生まれ。生後8ヶ月で両親と死別。1894年叔父一家とパリに移住。独自の主題で定型詩と自由詩を駆使し、宇宙的神秘世界を作り上げた。小説、戯曲の分野でも活動。

三野 博司（みの ひろし）

1949年、京都生まれ。京都大学卒。クレルモン＝フェラン大学博士課程修了。現在、奈良女子大学教授。
著書　《Le Silence dans l'œuvre d'Albert Camus》(Paris, Corti)『カミュ「異邦人」を読む』『カミュ、沈黙の誘惑』（以上、彩流社）。『「星の王子さま」の謎』（論創社）
共著『文芸批評を学ぶ人のために』『小説のナラトロジー』（以上、世界思想社）『フランス名句辞典』（大修館書店）『新・リュミエール』（駿河台出版社）『象徴主義の光と影』（ミネルヴァ書房）他。訳書　シュペルヴィエル『沖の少女』（社会思想社）『星の王子さま』（論創社）他

ノアの方舟

二〇〇六年四月　十五日　初版第一刷印刷
二〇〇六年四月二十五日　初版第一刷発行

著　者　シュペルヴィエル
訳　者　三野 博司
装　画　浅生ハルミン
装　丁　野村 浩　N/T WORKS
発行者　森下紀夫
発行所　論創社
東京都千代田区神田神保町二―二三　北井ビル
電話〇三―三二六四―五二五四　FAX〇三―三二六四―五二三二
振替口座〇〇一六〇―一―一五五二六六

印刷・製本　中央精版印刷
ISBN4-8460-0446-5